CÁS ADUAIN AN DR JEKYLL AGUS MHR HYDE

CÁS ADUAIN AN DR JEKYLL AGUS MHR HYDE

ROBERT LOUIS STEVENSON
A SCRÍOBH

MATHEW STAUNTON
A SCRÍOBH AN RÉAMHRÁ AGUS A MHAISIGH

CONALL CEÁRNACH
A D'AISTRIGH GO GAEILGE

ROIBEARD Ó CONAING
A CHÓIRIGH AGUS A CHUIR IN EAGAR

evertype
2014

Arna fhoilsiú ag Evertype, Cnoc Sceichín, Leac an Anfa, Cathair na Mart, Co. Mhaigh Eo, Éire. *www.evertype.com*.

Bunteideal: *Strange Case of Dr Jekyll and Mr Hyde*, Londain: Longmans, Green & Co., 1886

Teideal aistriúchán 1929: *An Dr Jekyll agus Mr Hyde*. Arna fhoilsiú ag muintir C. S. Ó Fallamhain, i gcomhar le hOifig an tSoláthair.

Tá taifead catalóige don leabhar seo le fáil ó Leabharlann na Breataine.
A catalogue record for this book is available from the British Library.

ISBN-10 1-78201-075-0
ISBN-13 978-1-78201-075-3

Dearadh agus clóchur: Michael Everson.
Baskerville agus GREAT BROMWICH BOLD na clónna.

Cludach: Michael Everson.
Grianghraif © Frances Fruit, dreamstime.com/ffranny_info

Arna chlóbhualadh ag LightningSource.

Clár an Ábhair

BROLLACH

Is minic a mhaítear gur sine ár dtraidisiún liteartha féin ná litríocht fhormhór na dteangacha eile san Eoraip. Tá an méid sin fíor gan aon agó agus is ceart dúinn a bheith mórtasach as. Ach níor cheart dúinn a chreidiúint gur leor traidisiún fada do lucht labhartha agus léite teanga atá beo sa chéad aois is fiche. Bíodh go bhfuil litríocht againn leis na cianta cairbreacha, ní raibh nós na léitheoireachta fairsing i measc na nGael riamh. Is éasca an fáth a bhí leis sin a aimsiú ach spléachadh a chaitheamh ar stair anróiteach na hÉireann tráth a bhí an léitheoireacht ag leathnú i measc an phobail i gcoitinne i dtíortha eile. Ach ní hé an t-am atá caite is cás linne, Gaeilgeoirí, ach an t-am atá le teacht. Ba chuma, b'fhéidir, gan nós léitheoireachta a bheith ag an bpobal nuair a bhí an tsochaí ní ba shimplí agus flúirse Gaeilge le fáil, ach sa lá atá inniu ann tá laincis throm ar an duine nach bhfuil compórdach ag léamh agus ag scríobh ina theanga féin, agus i gcás an Ghaeil is ag damnú a theanga féin atá sé más dóigh leis gur leor í a labhairt ach nach gá í a léamh ná a scríobh. Is dócha gur thuig dream éigin i rialtas na hÉireann an méid sin siar i dtríochaidí na haoise seo caite nuair a thug an Gúm faoi thionscadal arbh é ab aidhm leis ábhar léitheoireachta nua-aimseartha a chur ar fáil don phobal trí scéim aistriúcháin. Is iomaí leabhar ríspéisiúil a aistríodh, ach faraor, tá faillí déanta sna saothair a foilsíodh faoin ngúm sin agus an formhór mór acu as cló le fada agus gan bheith cóirithe do léitheoirí na linne seo.

Is mar chuid den tionscadal sin a aistríodh an t-úrscéal seo agus is é Feardorcha Ó Conaill (1876–1926), nó Conall Cearnach, canónach Protastúnach ó chontae na Gaillimhe a d'fhoghlaim léamh na Gaeilge ó sheanchaí, a d'aistrigh é. Is i 1929 a foilsíodh aistriúchán Chonaill Chearnaigh, na blianta fada sular tháinig An Caighdeán Oifigiúil do ghramadach agus litriú na Gaeilge ar an saol. Dá bhrí sin, in ainneoin fheabhas agus shaibhreas na hoibre a rinne sé, theastaigh go leor eagarthóireachta chun an téacs a chur in oiriúint do phobal léitheoireachta an lae inniu. Mar sin féin, is obair caighdeánaithe a bhí ann tríd is tríd. Is é sin le rá gur féachadh chuige nósanna litrithe agus téarmaíochta an lae inniu a chur i bhfeidhm ar an téacs sa chaoi go bhféadfadh duine é a léamh gan stró agus tuairim faoi cheartscríobh na teanga a thabhairt leis uaidh, ach ag an am céanna caomhnaíodh comhréir, samhlaíocht agus brí an téacs a tháinig ó lámh an aistritheora.

Cuid den mhuc an t-eireaball. Más leasc le Gaeilgeoirí leabhair a léamh sa teanga a maíonn siad gur leo í is deacair leabhar atá saor ó bhotún a fhoilsiú sa teanga chéanna. Tá imní orm nach aon eisceacht an leabhar seo mar is ag brath ar obair dheonach a bhí sé ag gach uile chéim. Táim fíorbhuíoch do na daoine a rinne profú ar na dréachtaí dom, mar atá Nicholas Williams, Aibhistín Ó Duibh, agus Aislínn McCrory. Mar sin féin, is ormsa atá an locht as aon dearmad a aimseofar sa téacs.

—Roibeard Ó Conaing
An Bhruiséil 2014

MAIDIR LEIS AN ÚDAR

Is i nDún Éideann na hAlban a rugadh Robert Louis Stevenson, an 13 Samhain 1850. Thaistealaíodh sé go minic de dhroim drochshláinte agus meastar gur chuidigh a aistir féith na scríbhneoireachta a mhúscailt ann ag aois óg. 28 mbliain d'aois a bhí sé nuair a foilsíodh a chéad leabhar. Bhí sé sa Fhrainc nuair a casadh bean Mheiriceánach, Fanny Osbourne, air. Thug siad gean dá chéile cé go raibh sise pósta agus beirt clainne uirthi. Dhá bhliain ina dhiaidh sin fuair sí colscaradh óna fear céile agus chuaigh Stevenson go California le bheith léi. Phós siad in 1880. Bhain Robert Louis Stevenson clú agus cáil amach mar scríbhneoir lena linn féin ag scríobh do pháistí agus do dhaoine fásta araon. In 1886 a foilsíodh *Cás Aduain an Dr Jekyll agus Mhr Hyde*, saothar buan a dhaingnigh a stádas mar mórscríbhneoir. Ar na leabhair eile leis a aistríodh faoi choimirce an Ghúim tá *Kidnapped (An Fuadach)*, *Catriona (Caitríona)*, *Travels with a Donkey (Mé Féin agus m'Asal)*, agus *The Master of Ballantrae (Maighistir Bhaile an Tragha)*. Foilsíodh *Oileán an Órchiste*, asitriúchán ar *Treasure Island* in 2014. Bhí Fanny in éineacht leis nuair a bhásaigh sé i Samó an 3 Nollaig 1894. Bhí sé 44 bliana d'aois.

Réamhrá

Beartáin a Aimsíodh
i dtaisceadán Victeoiriach

Is in 1886 a scríobh Robert Louis Stevenson a nóibhille chlúiteach *Strange Case of Doctor Jekyll and Mr Hyde*, agus féaracht *Metamorphoseon Libri XV* le hÓivid agus *Die Verwandlung* le Kafka, tá sé ar cheann de na hinsintí is cumhachtaí i stair na litríochta ar chlaochlú coirp. Ní raibh sé riamh as cló ón uair a céadfhoilsíodh i mBéarla é agus is iomaí dráma is scannán a raibh sé mar inspioráid aige; go deimhin tá ainmneacha na gcarachtar a thug a theideal dó dulta isteach i gcaint lucht an Bhéarla mar nath a chuireann neamhord féiniúlachta dícheangailte, róthaghdaíl, agus iompraíocht neamhghnách nó ghuagach in iúl. In ainneoin an tionchair a d'imir an scéal ar shaol an Bhéarla ní léitear an bunsaothar chomh minic is a cheapfaí i bhfianaise an ratha atá air. De thoradh an iliomad íomhánna a thagann chucu ó scannáin, ó leaganacha ciorraithe den scéal, ó úrscéalta grafacha agus ó go leor foinsí eile, feictear do dhaoine go bhfuil cur amach acu ar an scéal gan é a bheith d'fhiacha orthu dul i ngleic le castachtaí an téacs.

Nuair a thógann léitheoirí an lae inniu an leabhar, bíonn a gcloigne lán cheana féin d'íomhánna de shaotharlanna gona dtrealamh gloine, de dheochanna boilgearnacha i bpromhadáin,

agus de dhreach urghránna arrachta; is amhlaidh a bhíonn
ionadh orthu, mar sin, a fháil amach nach Jekyll ná Hyde
príomhphearsa an scéil. Ar ndóigh, is iad an bheirt sin na
carachtair is minice a luaitear, ach is le duine eile nach bhfuil
pioc chomh hiomráiteach leo a bhaineann formhór na
n-eachtraí, mar atá an dlíodóir díreach dáiríre úd Gabriel John
Utterson. Is iad Henry Jekyll agus a fhrithmhise Hyde atá idir
chamáin sa chás aduain seo. Is iadsan faoi deara an scéin sa
scéil scéine seo, ach mar sin féin is é Utterson an té a
fhiosraíonn an dúrún (d'fhéadfaí a mhaíomh gur ceann de na
scéalta bleachtaireachta is fearr dar scríobhadh riamh í an
nóibhille seo).

Is leor spléachadh ar an téacs le tuiscint gurb é Utterson an
fear atá in ann chuig an obair. Cé is moite de Hyde, tá
sáraithne aige ar na príomhcharachtair uile. An chéad fhinné
le cruálacht Hyde a chur i gcéill, Richard Enfield, dlúthchara
agus gaol leis is ea é. Duine de na cliaint is clúití dá bhfuil ag
Utterson is ea Sir Danvers Carew agus tá litir a bhfuil seoladh
an dlíodóra uirthi ina sheilbh aige tráth a dhúnmharaíonn
Hyde é. Seanchairde leis is ea an Dr Jekyll agus an Dr Lanyon
araon, agus is dósan a thugann siad beirt a litreacha báis.
Dlíodóir Jekyll é freisin, agus tá iallach air de thoradh uacht
Jekyll Hyde a chosaint i gcás bhás nó dhul ar ceal an dochtúra.
Baineann carachtair uile an leabhair leis an líonra céanna, agus
is i lár an líonra a fheicimid G. J. Utterson agus fianaise ó bhéal
agus i scríbhinn á cruinniú le mionchúis aige.

Scéal atá lán de charachtair a bhfuil ainmneacha trom-
bhríocha acu is ea an cás aduain, agus ní haon eisceacht air
sin Gabriel John Utterson. An té a bheadh eolach ar shaol
Shasana sa naoú haois déag, seans go gcuirfeadh an t-ainm sin
an dlíodóir agus an bailitheoir leabhar Edward Vernon
Utterson (1775/1776–1865) i gcuimhne dó. Duine de bhun-
aitheoirí club leithlisigh do leabharbháigh ar a dtugtaí an
Roxburghe Club agus duine mór le rá i gcúrsaí dlí a linne ba

ea an Utterson céanna. Ach fiú do dhaoine nach léir dóibh an nasc úd, ní sloinne gan bhrí é an sloinne sin a d'fhéadfaí a ghaelú mar "Mac na Cainte"—ainm fíoroiriúnach don duine seo atá ag bailiú agus ag ríomh cainteanna agus scríbhinní daoine eile. Cibé cás é, déantar ár n-aird a dhíriú ar an ról atá aige mar shaineolaí ar thiomsú agus ar anailisiú doiciméad, agus tugtar le fios dúinn gur cheart dúinne bheith chomh cáiréiseach le téacs Steveson is atá Utterson féin le téacsanna Jekyll, Hyde agus Lanyon.

Is maith an chomhairle í sin, mar tá téacs na nóibhille seo dlúth agus casta; réamhtheachtaí is ea é de na straitéisí léacsacha ar bhain scríbhneoirí nua-aoiseacha amhail James Joyce agus Vladamir Nabokov feidhm astu. De thoradh an fhriotail dhébhríoch agus na comhréire casta cuirtear moill ar an léitheoireacht, cruthaítear amhras, agus cuirtear d'fhiacha ar an léitheoir sampla Utterson a leanúint agus a dhúthracht a chaitheamh le fios fátha an scéil a fháil. Cuir i gcás na focail a úsáideann an t-údar nuair a chastar Jekyll orainn den chéad uair agus go ndeirtear go bhfuil "aghaidh mhín" air. Sa chomhthéacs áirithe sin níl fáth ar bith go dtuigfí ón bhfocal "mín" ach go bhfuil aghaidh an dochtúra bearrtha. Ach anonn sa scéal, mar chur síos ar bhean lóistín Hyde deirtear go bhfuil "a haghaidh mhín slíobtha ag an bhfimíneacht" agus má thuigeann fear léinn leathfhocal, tuigfear dúinn gur cóir ár dtuairim de Jekyll a mheas arís. Tar éis an tsaoil, chuirfeadh a shloinne ainmhí allta (*seacál*) i gcuimhne do dhuine agus is beag nach bhfuil *kill* ('marú') i bhfolach ann freisin. Ina theannta sin, locht ar a chlú is ea an gaol diamhair atá aige le Hyde, clú a bheadh gan smál murach sin.

Ach tá tuilleadh céille le baint as ainmneacha Utterson. Cuireann Gabriel agus John an tArdaingeal Gaibriéil agus Eoin Baiste i gcuimhne dúinn. Ní saor focal amháin é Utterson mar sin. Teachtaire is ea é, agus fáidh, b'fhéidir, a rinne an t-údar uilefheasach a chruthú agus a chur amach chun scéala na n-imeachtaí i saotharlann Henry Jekyll a chraobh-scaoileadh. I ngeall ar an líon mór tagairtí don Bhíobla sa nóibhille is féidir talamh slán a dhéanamh de gur mheas Stevenson nach mbeadh lucht a léite dall ar bhrí na n-ainmneacha sin. Agus ar eagla go mbeadh leisce éigin ar an léitheoir tuilleadh céille a bhaint as ainmneacha, cuireann sé faoi deara do Utterson nod a thabhairt don eolach leis an imirteas focal do-aistrithe sin a dhéanann sé le sloinne Hyde: "Más eisean Mr Hyde," ar seisean leis féin, "mise Mr Seek."

I bhfianaise na cáiréise lenar roghnaigh Stevenson a fhocail agus lenar leag sé amach a chomhréir, is dóchúil go raibh sé chomh cáiréiseach céanna le teideal a nóibhille, agus is iomchuí marana a dhéanamh air sin. Is "cás aduain" é seo. Is é sin le rá gur rud aduain é a bhain do Henry Jekyll agus dá pháirtithe, is é iomlán na bhfíoras a bhaineann le hábhar é, is is é dearbhú na bhfíoras sin é agus iad arna dtarraingt suas lena gcur faoi bhráid cúirt údarásach. Tá le tuiscint uaidh go bhfuil an dearbhú féin chomh haduain céanna leis na heachtraí a athchumtar ann. Mar atá léirithe agam thuas, tá an dlíodóir a cheap Stevenson láncháilithe leis na cáipéisí agus an fhianaise a chur le chéile go cúramach agus insint chomhsheasmhach, nó leabhar fianaise fiú, a dhéanamh díobh. Sa mhéid sin, teimpléad is ea Utterson do dhlíodóir tíolacais an Chunta Dracula, Seon Ó hEarcair (féach go maíonn Utterson féin go bhfuil spéis mhór aige i gcúrsaí tíolacais). Is iomaí cosúlacht idir an cholláis shárchliste de litreacha, de bhlúiríní cín lae, de thrascríbhinní fónagraif agus de thuairiscí nuachtáin a rinne Bram Stoker ina úrscéal cáiliúil a foilsíodh in 1897 agus an téacs a cheap Stevenson. Is faoi shamhlaíocht an léitheora a fhágtar aon lúb ar lár, agus is ó dhomhan neamhscríofa na n-aircitíopaí sin a bheireann brí mhealltach an dá leabhar orainn.

Tá baint láidir ag an bhfocal "cás" le cúrsaí leighis freisin agus díol spéise is ea gur trí fhianaise beirt dochtúirí seachas trí ghníomhaíochtaí na bpóilíní a nochtar dúrún an dá charachtar a thugann a n-ainmneacha don scéal. Ba é an chéad rud a rith le hUtterson ar fheiceáil iompraíocht aisteach Jekyll dó go raibh coir éigin arna déanamh, ach de réir mar a ghluaiseann an scéal ar aghaidh tagann imní air gur le cúrsaí leighis (i.e. gealtacht) seachas le cúrsaí dlí (i.e. dúmhál) a bhaineann fuascailt an rúin.

Tá brí thábhachtach eile ag an bhfocal "cás" áfach. Rud is ea é lena ndéantar rud eile a iamh nó a chlúdach, agus ní thógann sé i bhfad orainn a thabhairt faoi deara gur scéal mar gheall ar rudaí atá iata i rudaí eile is ea *Jekyll agus Hyde*. Tá sé sin fíor maidir le scríobh na nóibhille agus maidir leis an téacs críochnaithe. Ní haon rún é gur i mbrionglóid a rinne Stevenson a tháinig chuige an inspioráid a ghríosaigh é leis an scéal a chumadh.

> Bhí mé ag dul timpeall ag tuirsiú m'inchinne le plota de shaghas éigin a aimsiú; agus ar an dara hoíche rinneadh brionglóid dom ina raibh an radharc úd ag an bhfuinneog, agus radharc ina dhiaidh sin a bhí ina dhá leath, ina ndearna Hyde, agus daoine sa tóir air faoi chomhair coir éigin, an púdar a chaitheamh agus an t-athrú a fhulaingt os comhair shúile lucht a leanúna. (RLS, Eanáir 1888)

Is féidir dúinn, dá bhrí sin, Hyde a thuiscint mar thaibhse an chnádáin ina aircitíopa arna scaoileadh amach ag neamh-chomhfios Stevenson. Chuir an t-údar clúdach fáthscéil anuas ar an aircitíopa sin nuair a mhol Fanny, a bhean chéile, dó é. Tugann ainmneacha na gcarachtar le fios go mb'fhéidir gur féidir léamh fáthchiallach a dhéanamh ar an scéal, agus aon amhras atá ann faoi sin, cuireann trácht Stevenson ar a théacs féin ar ceal é. Is éard a rinne an t-údar ansin an fháthchiall a chumhdach i mistéir gan é a mhíniú riamh. Léiríonn an lear mór barúlacha a chuirtear chun cinn i gcónaí i dtaobh bhunbhrí na fáthcéille seo gur éirigh go seoigh le straitéis Stevenson. Ar leibhéal an téacs, fiosraíonn Utterson cás Jekyll agus Hyde, agus is é toradh a imscrúdaithe fuascailt an dúrúin a bhí ag déanamh buartha dó, mar atá: cé hé Edward Hyde agus cad é an saghas ceangail atá aige ar Henry Jekyll? Ó thaobh an léitheora de áfach, ní réitítear riamh an suaitheadh síceach a chuireann Hyde air, agus nuair a thagann fianaise scríofa Jekyll chun deiridh ar leathanach deiridh an scéil, leanann ár gceisteanna is ár gcorrabhuais. Cuireann Stevenson faoi deara do Jekyll tagairt a dhéanamh don mhéid sin i ndeireadh a "lánfhaisnéise" nuair a bhreacann sé: "a dtiocfaidh i mo dhiaidh, baineann sin le duine nach mé". Tost a leanann sin, agus is sa tost sin nach mór don léitheoir leanúint de phróiseáil an ábhair arna bhailiú ag dlíodóir Stevenson agus déileáil le scáil an uamhain atá fágtha ag úd* urghránna Jekyll air.

Ach is ar shonraí áirithe nach nochtann Utterson dúinn is mó a luíonn ár n-aigne, b'fhéidir. Cén diabhlaíocht a bhíonn ar siúl ag Edward Hyde nuair a fhágann sé oifig Jekyll? Ionchollú gach rud a shéanann Jekyll air féin, ó thaobh pléisiúr de, is ea Hyde, ach ní thugtar an leid is lú dúinn riamh faoi cad iad na pléisiúir iad. Ní fhaigheann Jekyll ann féin na huafáis atá déanta aige ina athriocht a aithris agus tá Utterson róchuibhiúil an ghné sin den scéal a iniúchadh. Níl an dara rogha againn ach dul i muinín ár samhlaíochta. Is iad na pléisiúir a shéanann an dlíodóir air féin an amharclann, ól fíonta, agus fanacht ina shuí go déanach. An amhlaidh nach mbíonn Hyde ach ag dul chuig an amharclann agus ag fáil óltach? Tugann urghráiniúlacht a charachtair agus an t-uafás a chuireann sé ar dhaoine eile le fios go bhfuil duáilcí níos dorcha aige. Luaitear coirpeacht, cruálacht as cuimse, agus céasadh. Fianaise d'fhoréigean rábach iad satailt an cháilín óig

---

* De réir theoiric Sigmund Freud, an chuid sin de struchtúr na pearsantachta a chuimsíonn bun-instinní an duine.

agus dúnmharú Sir Danvers Carew. Admhaíonn Jekyll na gníomhartha sin. Cad é an rud é, mar sin, ba mheasa ná fear a mharú le bascadh agus le bualadh cos?

Tá iniúchadh déanta ar an gceist sin i mbreis is 120 scannán, agus is minic a bhíonn gnéithe eile den scéal thíos leis. Is iondúil go ndéantar Utterson a imeallú nó a fhágáil ar lár go hiomlán le slí a dhéanamh do charachtair éadroma ban, do ghrá, agus do chollaíocht. Is ó leagan amharclainne Thomas Russell Sullivan den scéal, a léiríodh in 1887, a thóg na scannáin luatha ba bhrabúsaí a n-inspioráid. Sa leagan sin, tá iníon Danvers Carew geallta do Jekyll, ach ní feidir leis fanacht lena pósadh, agus scaoileann sé Hyde creachach amach le tabhairt ar Ivy Paterson, taibheoir halla ceoil, géilleadh le teann sceimhle do chaidreamh collaí foréigneach.

Eiseamláir thar cionn é scannán de chuid Hollywood a léiríodh 1931. Toisc gur críochnaíodh é sular tosaíodh ar chód léiriúcháin na scannán (Cód Hayes) a chur i bhfeidhm go díograiseach, ní fhágtar dada faoi shamhlaíocht an lucht féachana agus ba mhaith an oidhe ar Fhrederick March an *Acadamy Award* a bhain sé as a léiriú ar pháirteanna Jekyll agus Hyde. Tá ceangal ar Jekyll, de dheasca a ardchéime sóisialta, a mhianta a fhágáil gan sásamh. Tá díocas air a leannán a phósadh agus caidreamh collaí iomlán a bheith aige léi, ach san am céanna santaíonn sé Ivy Paterson. Tar éis dóibh bualadh le céile de thaisme amharcann sé ar an Ivy chéanna ag baint a cuid éadaigh di ina seomra, pógann sé go paiseanta ar a leaba í, agus dhéanfadh sé ní ba mhó ná sin murach teacht míthráthúil a chomhghleacaí, an Dr Lanyon. Poll éalaithe do Jekyll atá i Hyde san athchóiriú seo ar an scéal: is ina chruth siúd a éiríonn le Jekyll caidreamh collaí fadtéarmach, a thionscain sé ach nár chuir sé i gcrích riamh ina *phersona* poiblí, a bhrú ar Ivy. Réitíonn Rouben Mamoulian agus a scríbh-neoirí, Percy Heath agus Samuel Hoffenstein, roinnt de na ceisteanna a fhágtar gan freagra i dtéacs Stevenson (mianta folaigh Jekyll, eachtraí Hyde, an fáth ar ionsaigh Hyde Carew), ach laghdaíonn sé sin cumas an scéil buaireamh aigne a chur orainn. Cuireann an scannán alltacht ar an lucht féachana leis an léiriú beoga a dhéanann sé ar chorbadh gnéis, ar fhoréigean, agus ar uafaireacht Hyde—ach is iomaí coirpeach gnéis agus dúnmharfóir atá le fáil i scannáin Hollywood. Is ar leibhéal níos doimhne a bhuaireann an leabhar sinn agus cuireann sé iallach orainn ár n-uamhna is scáfaire a ransú le héadan agus seanchas a fháil do Hyde.

Tá leitmóitíf an cháis fite fuaite sa téacs ar leibhéal litriúil. Tagaimid ar sheomraí laistigh de sheomraí, ar chlúdaigh litreacha laistigh de chlúdaigh litreacha, agus ar thaisceadán dosheachanta Utterson. D'fhéadfaí breathnú ar an taisceadán céanna mar fhoinse na huile chéille sa téacs—gach ní a fhaighimid amach faoin ngaol idir Jekyll agus Hyde is sa taisceadán sin a chuirtear é agus is as dorchadas na marbh-dhúile sin a thagann sé i ndeireadh na dála. Is iata faoin iomad iamh atá foinse chumhacht chlaochlaithe Jekyll. Lena mhisean a chur i gcrích agus ceimiceáin Jekyll a aimsiú ní mór don Dr Lanyon dul isteach i dteach a chomhghleacaí, glas dhoras a oifige a phiocadh, cófra gloine a oscailt, agus bosca a thógáil amach. Tá macalla den teicníc ghotach ina leabaítear scéalta laistigh de scéalta eile le sonrú ar an téacs sa chaoi go bhfuil litreacha iata i mbeartáin atá iata i rudaí eile. Cuireann Lanyon litir chuig Utterson nach bhfuil le hoscailt ach i gcás bháis nó dhul ar ceal Jekyll. Tá uacht nua agus lánfhaisnéis a raibh ar siúl aige faoi iamh leis an litir dheireanach ó lámh Jekyll. Agus tá na beartáin sin iata i dtaisceadán príobháideach Utterson atá i seomra glasáilte faoi dhíon a thí. Le dul amach ar dhúrúin chás Jekyll agus Hyde ní mór an taisceadán agus na beartáin ann a oscailt agus ciall a bhaint as na téacsanna atá iontu.

SEO AG TEACHT TAIBHSE AN CHNÁDÁIN

D'ainneoin an éilimh atá riamh air, is dúshlánach an téacs é *Jekyll agus Hyde* do mhaisitheoir leabhar, agus dá dhroim sin is teirce ná a shílfí na heagráin mhaisithe atá ar fáil—ní nach ionadh. Na sonraí sin is mó spéise dúinn mar lucht léite agus féachana an scéil—dealramh agus bearta Hyde—is bearránach an cur síos a dhéanann Stevenson orthu ós rud é nach deir sé ina leith ach nach féidir cur síos a dhéanamh orthu! De réir mar a ghluaiseann an scéal ar aghaidh buaileann éagumas sainiúil gach duine, an t-éagumas céanna a choisceann ar Enfield—cé go maíonn sé go bhfeiceann sé ina chuimhne "an uair seo féin" iad—cur síos a dhéanamh ar cheannaithe Hyde. Cinneann ar dhaoine cur síos ar dhealramh Hyde fiú agus iad ag féachaint sa bhéal ar an mbithiúnach. Ní féidir leo ach an chorrabhuais a mhothaíonn siad nuair a bhreathnaíonn siad air a chur i gcéill. Taibhse cnádáin is ea Hyde, leathanach bán a scríobhann na carachtair eile agus, ar deireadh, na léitheoirí a n-uamhna féin air. Conas, mar sin, is ceart do mhaisitheoir dul i mbun léiriú an charactair mhistéirigh seo?

I roinnt de na maisiúcháin san eagrán seo chinn mé ar Hyde a léiriú mar indibhid gan cheannaithe agus d'fhág mé faoin léitheoir a dhreach a shamhlú. Is féidir leatsa, de réir mar is áil leat, cuma shimiach na scannán, éadan urghránna geargáile, nó gnúis phaiseanta Klaus Kinski a thabhairt dó. Tá sé de rogha agat cur chuige iomlán difriúil a ghlacadh freisin. Tá iarracht déanta agam in íomhánna eile an loinnir foréigin agus déine a chuimsíonn Hyde a cheapadh trína léiriú mar mhalgam de dhornálaithe ó thús an fichiú haois. Níl aon mhíchuma ann. Is ar an taobh istigh amháin atá gránnacht Hyde. Ar an taobh amuigh de tá sé óg, muscalach, bríomhar agus muiníneach as féin. Is trína shúile a bhriseann a dhúchas foghach ionsaitheach, níl aon cheannaghaidh mhínádúrtha aige a léireodh é.

Gné bhearránach eile den nóibhille is ea an easpa eolais maidir leis an "Eachtra ag an bhFuinneog". Is timpeall na móiminte sin atá an scéal uile tógtha, is eipealár an tsuaite shícigh a bhaineann Hyde asainn é. Ach céard atá i gceist leis? Feiceann Utterson agus Enfield rud scanrúil éigin i ndreach Jekyll agus é ag caint leo óna fhuinneog ar an gcéad urlár, ansin imíonn siad uaidh agus a n-anam trí chéile. Níl sé ach cúpla leathanach ar fad mar chaibidil, an ceann is giorra sa leabhar, ach is léir go bhfuil rud éigin ann a tháinig aníos ó dhoimhneacht neamh-chomhfhios Stevenson. Conas, mar sin, is ceart é a léiriú? Tá íomhá d'fhear ag fuinneog (mar is beag eile a gcuireann an t-údar síos air) fíor-easnamhach mar léiriú ar an uafás aircitíopúil a eislíonn ón eachtra seo. Tá Jekyll ag breathnú amach orainn óna oifig, ceannáras na mianta dorcha uile a bhfuil dúil ainscianta aige ina gcleachtadh agus ina mbrú faoi. Is ar an láthair sin a dhéanann sé na turgnaimh a scaoileann Hyde; agus is ansin a fhaigheann idir Jekyll agus Hyde bás sa choimheascar idir úd agus os-mhise an dochtúra. Faighimid spléachadh mealltach ar dhoimhneacht dhorcha anam Jekyll tríd an bhfuinneog sin, agus is é sin a thriail mé a léiriú.

—Mathew D. Staunton
Oxford, Mí na Bealtaine 2014

CÁS ADUAIN
AN DR JEKYLL
AGUS MHR HYDE

CAIBIDIL I

SCÉAL AN DORAIS

Duine ab ea Mr Utterson, dlíodóir, a raibh dúrghnúis air nach lastaí choíche le meangadh gáire. Is é a bhíodh go tur, gannbhriathrach, cúthail ina chaint; cúlánta i dtaobh mothúchán; bhí sé tanaí, caol ard, tirim, fadálach; ach ina dhiaidh sin bhí sé grámhar. Ag cruinnithe cairde, agus nuair a bhíodh an fíon ar a thoil, lonraíodh féith na daonnachta ina dhá shúil; rud éigin nár léir choíche ina chuid cainte, rud a nochtaí ní hamháin sna comharthaí ciúine ar a cheannaithe tar éis dinnéar a chaitheamh dó, ach ní ba mhinice agus ní ba threise i ngníomhartha a bheatha. Bhíodh sé crua air féin; d'óladh sé jin agus é ina aonar, d'fhonn dúil sna fíonta ab fhearr a chlaonmharú; agus cé gur mhaith leis an amharclann, ní dheachaigh cos leis thar tairseach in aon cheann díobh le fiche bliain anuas. Ach ní chuireadh sé isteach ar dhaoine eile. Dhéanadh sé ionadh, uaireanta, beagnach le héad, den teaspach ba bhun lena gcuid míghníomhartha; agus nuair a bhítí i gcruachás ba é ab aite leis cúnamh a thabhairt ná achasán. "Táim claon ar eiriceacht Cháin" a deireadh sé go háiféiseach, "beirim de chead do mo bhráthair a rogha ród a thabhairt air féin ag triall ar an diabhal." Ós amhlaidh a bhí, ba mhinic cás dó gurbh eisean an cara deireanach ab fhiú aithne agus an turn deireanach chun maitheasa a ghabhtaí i mbeathaí truán a bhíodh ag titim i gcorrach na haimléise. Agus dá leithéidí siúd, fad a ghnáthaídís teacht chun a sheomraí, ní thaispeánadh sé choíche malairt méine.

Níl aon amhras ná gurbh fhurasta an beart é siúd do Mhr Utterson; mar ba dhuine é nach dtaispeánadh choíche mian a chroí, agus fiú a chairde ba é ba dhóichí gur dhaonnacht choiteann den sórt céanna a chas ina threo iad. Comhartha ar dhuine cúthail is ea é a chairde a bhailiú chuige de réir mar a chastar ina bhealach iad; agus ba é a fhearacht ag an dlíodóir é. Ba iad ba chairde dó a dhaoine gaoil féin nó na daoine is sia ab aithnid dó. D'fhásadh a ghean leis an aimsir, ar nós an eidhinn, agus ba chuma leis cé acu a thuilltí é nó nach dtuilltí. Is mar sin, gan amhras, a cheangail sé cairdeas le Mr Richard Enfield, a raibh gaol fada amach aige leis, duine a raibh aithne mhaith ag uaisle na cathrach air. Ceist le réiteach don fhormhór ab ea é cad a tharraingíodh an bheirt le chéile, nó cén t-ábhar a d'fhéadfaí bheith acu araon. Deireadh na daoine a gcastaí leo ar a spaisteoireacht Domhnaigh iad nach labhraídís puinn, go mbíodh cosúlacht an-uaigneach orthu, agus go mba é ba ghile croí leo araon cara a bhualadh ina dtreo. Ina dhiaidh sin is uile, chuireadh an bheirt suim mhór sna siúlóidí úd; príomhsheoid gach seachtaine leo iad; agus ní hamháin go gcuiridís ócáidí aoibhnis i leataobh, ach cúrsaí gnó féin, ag súil is go mbainfidís pléisiúr astu gan éinne a chur isteach orthu.

Tharla, lá, agus iad ar a siúlóid mar sin, gur threoraigh a mbealach iad síos cúlsráid a bhí suite i gceantar gnóthach i Londain. Sráid bheag a bhí ann, agus í mar a déarfaí ciúin, ach bhíodh an-díol agus ceannach ar siúl inti gach dálach. Bhí muintir na sráide ag dul chun tosaigh go maith, de réir cosúlachta, agus iad uile ag súil le dul chun bisigh fós, agus ag caitheamh an fharasbairr dá dtuillidís le slacht a chur ar a n-earraí; ar nós go raibh fearadh na fáilte sna siopaí go léir ar fud na sráide, mar a bheadh ranganna bancheannaithe gealgháireacha. Ar an Domhnach féin, nuair a chuirtí clúdach ar an gcuid ba thaibhsí dá háilleacht, agus í ar bheagán taistealaithe, lonraíodh an tsráid i gcomparáid leis an gcomharsanacht smúrach, mar a bheadh tine i bhforaois; agus ba ghairid an mhoill uirthi súil an taistealaí a dhíriú uirthi agus a shólású, maidir lena comhlaí fuinneog faoi dhath úr, a cuid prás dea-sciomartha, a glaineacht choiteann agus a bíogúlacht bheatha.

Dhá dhoras ó chúinne ann, ar an taobh clé ag dul soir duit, bhí an líne bhriste le póirse cúirte; agus díreach ag an bpointe sin, bhí foirgneamh éigin drochfhuadair agus a bhinn sáite amach ar an tsráid. Bhí an teach dhá stór ar airde; ní raibh fuinneog ar bith le feiceáil ná tada ach aon doras amháin ar urlár na talún, agus éadan caoch de bhalla dídhaite ar an stór uachtarach; agus bhí seanrian na rófhaillí ar gach uile orlach de. Bhí boilgíní agus smáil ar an doras, a bhí gan chloigín gan bhoschrann. Shlíocadh na bacaigh go cromshlinneánach isteach sa chúinne agus dheargaidís lasáin ar na painéil; dhéanadh na leanaí "siopadóireacht" ar an tairseach; thriaileadh an garsún scoile a scian phóca ar na múnlaí; agus le breis is ginealach níor fhoilsigh éinne é féin chun na taistealaithe fáin sin a dhíbirt ná a gcuid damáiste a dheisiú.

Bhí Mr Enfield agus an dlíodóir ar an taobh eile den chúlsráid; ach nuair a tháinig siad ar aghaidh na póirse amach, thóg an chéad duine acu a mhaide agus shín uaidh é.

"An ndearna tú riamh suaitheantas den doras sin?" ar seisean; agus nuair a d'fhreagair a chompánach go ndearna, "Tá baint aige i mo chuimhne," ar seisean, "le scéal an-aisteach."

"'Bhfuil muise?" arsa Mr Utterson, agus malairt bheag ar a ghuth, "agus cén scéal é?"

"Is mar seo a tharla," arsa Mr Enfield. "Timpeall a trí a chlog maidin dhorcha gheimhridh, bhíos ag teacht abhaile ó áit éigin a bhí taobh thall den taobh thall; agus is é treo ina raibh mo bhealach ach trí roinn den chathrach nach raibh le feiceáil ann ach lampaí. Sráid i ndiaidh sráide, agus na daoine go léir ina gcodladh—sráid i ndiaidh sráide, agus iad go léir faoi lasadh mar is dá mba le haghaidh mórshiúil é, agus iad go léir chomh folamh le teampall—go dtí, sa deireadh, go raibh m'intinn ar an staid úd nuair a chuireann duine cluas le héisteacht air féin, agus gurb é is fada leis radharc a fháil ar phóilín. Ar an bpointe sin chonaic mé beirt: fírín beag, duine acu, a bhí ag stumpáil roimhe soir go héasca; gearrchaile naoi nó deich mbliana d'aois, b'fhéidir, an duine eile, agus í ag rith i mbarr a hanama síos cros-sráid. Is ea más ea, a dhuine na n-árann, bhuail an bheirt i gcoinne a chéile ag an gcoirnéal, ní nach ionadh; agus is ansin a thit an chuid ab uafásaí den scéal amach; mar gurbh amhlaidh a shatail an fear ar

chorp an linbh go neamhchúiseach, agus d'fhág ag liúireach ar an talamh í. Is suarach le cloisteáil, ach ba dhiabhlaí le feiceáil é. Ba dhóigh leat nach duine daonna a bhí ann in aon chor, ach deamhan éigin damanta. Scread mé in ard mo chinn is mo ghutha, thug mé do na bonna é, rug mé ar mo dhuine, agus thug mé ar ais é an áit a raibh cruinniú cheana féin thart timpeall ar an leanbh a bhí ag béiceadh. Ní raibh corrabhuais ar bith ar mo dhuine, ná níor chuir sé i m'aghaidh, ach thug sé aon fhéachaint amháin orm féin, féachaint a bhí chomh gránna sin is go raibh an fuarallas liom cosúil is dá mba tar éis stáir reatha a bheinn. Ba iad muintir na gearrchaile na daoine a bhailigh ina treo; agus ba ghairid gur tháinig an dochtúir—ag cur fios air a bhí sí. Is ea, níor gortaíodh an leanbh mórán, ní raibh ann ach gur scanraíodh í, de réir an dochtúra; agus ba dhóigh leat go mbeadh deireadh leis an scéal ansin. Ach bhí aon ní amháin sa scéal a bhí go hait; ón gcéadradharc chuir mo dhuine déistin orm. Ba é a fhearacht ag muintir an linbh é, ní nach ionadh. Ach ba é cás an dochtúra a chuir ionadh orm. Gnáthphoitigéir tur a bhí ann, gan aois gan dath faoi leith, blas láidir Dhún Éideann ar a theanga, agus é chomh beag rómánsaíocht le siansán píbe mála. Is ea más ea, a chara, bhí seisean ar nós an chuid eile againn: níl seal dá bhféachadh an dochtúir ar mo phríosúnach nach bhfeicinn go raibh an snoíodóir cnámh sin ar bhánlí an aisig le fonn mo dhuine a mharú. Bhí a fhios agam cad a bhí ina intinnsean díreach chomh maith is a bhí a fhios aigesean cad a bhí i m'intinnse; agus ó nárbh fhéidir é a mharú rinneamar an rud ba neasa dó sin. Dúramar le mo dhuine go mb'fhéidir linn, agus gur thoil linn leis, scannal a dhéanamh as an scéal a chuirfeadh a ainm i mbréantas ó cheann go ceann de Londain. Má bhí cairde nó creidiúint aige, rachaimis inár mbannaí go gcaillfeadh sé iad. Agus i gcaitheamh an ama, fad is a bhíomar á áitiú air go tiubh, bhíomar ag coinneáil na mban amach uaidh mar is fearr a d'fhéadaimis é, mar bhí siad chuige mar a bheadh scata coirneach. Ní fhaca mé riamh le mo shúile cinn ciorcal dreach chomh fuafar leo; agus b'shin é mo dhuine ina gceartlár, agus sórt dúire dorcha scigiúil ar a aghaidh—scanradh air, leis, thug mé faoi deara—ach é ag ligean air gur chuma leis, a chara, ar nós Shátain. 'Más rogha libh

buntáiste a bhaint as an timpiste seo,' ar seisean, 'níl neart agam air, ní nach ionadh. Níl duine uasal ar bith nár mhaith leis seó bóthair a sheachaint,' ar seisean. 'Cé mhéad atá uaibh?' Is ea, d'fháisceamar céad punt as do mhuintir an linbh. Ba léir go mba mhaith leis diúltú; ach chonacthas dó an drochfhuadar a bheith fúinn, agus faoi dheireadh ghéill sé. An chéad rud eile an t-airgead a fháil; agus cén áit ar thug sé sinn, meas tú, ach go dtí an áit úd thall a bhfuil an doras air. Tharraing sé eochair amach, chuaigh sé isteach, agus tháinig sé ar ais ar ball agus suas le deich bpunt óir aige agus seic ar an bhfuílleach ar bhanc Coutts, é iníoctha leis an iompróir agus é sínithe le hainm nach leomhfainn a rá, cé go mbaineann an pointe sin go dlúth le mo scéal, ach ainm ar a laghad a bhí i mbéal a lán agus gur minic i gcló é. Bhí an tsuim airgid sách ard; ach b'fhiú níos mó ná an méid sin an t-ainm a bhí leis, má b'fhíor é. Bhí sé de dhánacht orm a chur in iúl do mo dhuine go raibh cosúlacht bréige ar an ngnó go léir; agus nach gnách ar an saol seo duine a dhul isteach ar dhoras iata um a ceathair a chlog ar maidin agus teacht amach arís agus seic duine eile ina lámh ar suas le céad punt. Ach bhí seisean go lánsocair agus go scigiúil. 'Ná bíodh ceist oraibh,' ar seisean; 'fanfaidh mé in bhur bhfochair nó go mbeidh na bainc ar oscailt, agus brisfidh mé féin an seic daoibh.' Bhí go maith, thriallamar go léir linn, an dochtúir agus athair an linbh agus mo dhuine agus mé féin, agus chuireamar dínn an chuid eile den oíche i mo sheomraí; agus lá arna mhárach, tar éis bricfeasta dúinn, chuamar i gcuideachta don bhanc. Shín mé féin an seic isteach, agus dúirt mé nach gan chúis a bhí mé lánchinnte gur seic bréige a bhí ann. An deamhan é. Bhí an seic ceart."

"Muise, muise!" arsa Mr Utterson.

"Chím go bhfuil tú ar aon intinn liomsa," arsa Mr Enfield. "Is ea, drochscéal atá ann. Mar duine ab ea mo dhuine nárbh fhéidir le héinne baint ná páirt a bheith aige leis, duine fíordhamanta; agus an té a tharraing an seic úd is duine é a bhfuil a ainm in airde, duine a bhfuil clú agus cáil air, agus (rud is measa ná sin) duine atá ar an dream úd ar gnáth leo maitheas a dhéanamh, más fíor dóibh féin. An dúmhál, is dócha; fear macánta ag íoc a chuid fola i ndíol ar rancás éigin i mbaois na hóige. Teach an Dúmháil

a thugaimse ar an teach sin riamh ó shin. Ach fágann fiú an méid sin go leor gan réiteach," ar seisean; agus leis sin thosaigh sé ag machnamh.

Dúisíodh as a mharana é nuair a d'fhiafraigh Mr Utterson go tobann de: "Agus níl a fhios agat an bhfuil an té a tharraing an seic ina chónaí ansin?"

"Nárbh oiriúnach an áit é?" a d'fhreagair Mr Enfield. "Ach tharla gur thug mé a sheoladh faoi deara; i gcearnóg éigin atá sé ina chónaí."

"Agus níor chuir tú riamh aon cheist chuige—i dtaobh na háite a bhfuil an doras?" arsa Mr Utterson.

"Níor chuir, a dhuine chóir, ba leasc liom é," ar seisean. "Is leasc liom go mór ceisteanna a chur; is róchosúil an béas é sin leis an gceistiúchán a bheidh ar siúl Lá an Bhrátha. Is ionann ceist a chur agus cloch a bhogadh. Fanann tusa i do shuí go ciúin ar bharr cnoic; agus as go bráth leis an gcloch, agus í ag bogadh cloch eile, agus ar ball bristear blaosc seanduine shéimh éigin (an duine deireanach ar a gcuimhneofá choíche, b'fhéidir) ina ghairdín féin ag cúl an tí, agus caithfidh a mhuintir a mhalairt de shloinne a ghabháil chucu. Ní hamhlaidh sin domsa, a dhuine chóir, dá aistí a fhéachann an scéal is amhlaidh is lú a chuirim a thuairisc. Sin riail agamsa."

"Agus is an-mhaith an riail í," arsa an dlíodóir.

"Ach rinne mé staidéar ar an áit dom féin," arsa Mr Enfield ag leanúint ar an scéal. "Ar éigean atá cosúlacht tí air. Níl aon doras eile air, agus ní ghabhann éinne isteach ná amach ann, ach amháin go fíorfhánach duine uasal m'eachtrasa. Tá trí fhuinneog ar an gcúirt ar an gcéad stór; níl fuinneog ar bith thíos; bíonn na trí cinn acu dúnta i gcónaí, ach bíonn siad glan. Agus ansin tá simléar air a bhíonn de ghnáth ag cur deataigh; dá bhrí sin ní foláir duine éigin a bheith ina chónaí ann. Agus ina dhiaidh sin níl aon deimhin sa scéal; mar tá na foirgnimh chomh dlúite le chéile timpeall na cúirte sin gur deacair a rá cá bhfuil tosach ná deireadh ar na tithe."

Shiúil an bheirt leo go ceann tamaill agus iad ina dtost; agus ansin, "A Enfield," arsa Mr Utterson, "is maith an riail í sin agatsa."

"Is maith dar liom," a d'fhreagair Enfield.

"Ach ina dhiaidh sin," arsa an dlíodóir, "tá aon phointe amháin sa scéal ba mhaith liom a fhiafraí díot; ba mhaith liom a fhiafraí díot cad is ainm don duine úd a shatail an leanbh."

"Muise," arsa Mr Enfield, "ní léir dom aon dochar sa mhéid sin. Fear de mhuintir Hyde a bhí ann."

"Mmm," arsa Mr Utterson. "Cén sórt duine é le féachaint air?"

"Ní furasta cur síos air. Tá rud éigin as bealach lena fhéachaint; rud éigin míthaitneamhach, rud éigin fiordhéistineach. Ní fhaca mé riamh fear dár thug mé an oiread sin fuatha; agus tar éis an tsaoil is ar éigean is feasach dom cén fáth. Ní foláir nó tá ainimh air in áit éigin; mhothófá sin go láidir air, cé nach bhféadfainn an pointe a ainmniú. Tá féachaint an-aisteach ar fad ar an duine, agus ina dhiaidh sin ní thig liom a rá cad tá cearr leis. Ní thig sin, a chara; ní fhéadaim an fhadhb a réiteach; ní fhéadaim cur síos air. Agus ní trí easpa cuimhne é; mar im briathar chím an uair seo féin é."

Shiúil Mr Utterson leis arís roinnt den tslí, agus ba léir air go raibh sé ag machnamh go dian. "Tá tú cinnte go raibh eochair aige?" ar seisean faoi dheireadh.

"A dhuine na n-árann..." arsa Enfield, agus ionadh a chroí air.

"Tá fhios agam," arsa Utterson; "tá fhios agam gur aisteach leat sin mar cheist. Leis an bhfírinne a admháil, mura bhfiafraím díot ainm an duine eile is é fáth atá leis gur feasach dom cheana é. Chíonn tú, a Richard, go bhfuil do scéal tar éis teacht abhaile. Má bhí tú amú in aon phointe de, b'fhearr duit é a cheartú."

"Bhí sé ceart agat an rabhadh a thabhairt dom," arsa an duine eile, agus roinnt gruaime ina ghlór. "Ach ní dheachaigh mé amú, mar a deir tú, in aon phointe amháin de. Bhí eochair ag mo dhuine; agus rud eile de, tá sí aige fós. Níl an tseachtain caite ó chonaic mé in úsáid aige í."

Lig Mr Utterson osna throm as, ach ní dúirt sé focal; agus ar ball lean an fear óg ar a scéal. "Seo múineadh eile dom go mba chóir dom mo bhéal a éisteacht," ar seisean. "Is náir liom mo bhéalscaoilteacht. Déanaimis margadh gan teacht thairis go bráth arís."

"Le lántoil mo chroí," arsa an dlíodóir. "Mo lámh duit air sin, a Richard."

CAIBIDIL II

AR THÓIR MHR HYDE

Tháinig Mr Utterson abhaile dá theach baitsiléara an tráthnóna sin faoi thromchroí, agus shuigh sé síos chun a dhinnéir gan puinn goile. Ba é ba bhéas leis gach Domhnach, nuair a bhíodh an beile sin thart, suí in aice na tine, agus leabhar éigin tur diaga ar a dheasc léitheoireachta aige nó go mbuaileadh clog teampaill a bhí sa chomharsanacht uair an mheán oíche; agus ansin thugadh sé an leaba air féin go buíoch stuama. An oíche áirithe seo, áfach, ní túisce a tógadh an scaraoid ná mar a d'aimsigh sé coinneal agus isteach leis ina sheomra gnó. D'oscail sé a thaisceadán, thóg sé amach as an roinn ba phríobháidí de meamram a raibh scríbhinn ar an gclúdach á rá gurbh é uacht an Dr Jekyll a bhí istigh ann, agus shuigh sé síos le gruaim ina mhalaí chun staidéar a dhéanamh ar a raibh ann. Uacht ab ea í a bhí scríofa ag an tiomnóir féin; mar, cé go raibh sí faoi chúram Mhr Utterson ó tharla tarraingthe í, dhiúltaigh seisean cúnamh dá laghad a thabhairt ina déanamh. Foráladh inti, i gcás go n-éag-fadh Henry Jekyll, dochtúir le leigheas, dochtúir le dlí sibhialta, dochtúir le dlí, comhalta den Chumann Ríoga, etc., go rachadh a mhaoin shaolta go léir "i lámha a charad thíolacthaigh, Edward Hyde"; agus ní hé sin amháin, ach i gcás go "rachadh an Dr Jekyll ar ceal, nó go mbeadh as baile gan fáth éigin go ceann scaitheamh ar bith ba shia ná ráithe," go seasfadh an duine réamhráite Edward Hyde i mbróga an Henry Jekyll réamhráite gan a thuilleadh righnis, agus é saor ar ualach nó oibleagáid ar bith, taobh amuigh de roinnt bheag airgid a íoc le líon tí an dochtúra.

Ba chrá croí don dlíodóir an meamram sin le fada an lá. Ghoill sé air mar dhlíodóir agus mar dhuine gur measta aige cúrsaí críonna coitianta an tsaoil, agus gurbh ionann leis nóisean agus neamhnáire. Agus go dtí seo is é a chuireadh fearg air gan aithne a bheith aige ar Mhr Hyde: an uair sin, ar iompú boise, ba é an aithne faoi deara é. Bhí an scéal dona go leor nuair nach raibh ann ach ainm nárbh fhéidir a thuilleadh eolais a bhaint as. Bhí an scéal níos measa nuair a thosaigh an t-ainm ar thréithe déistineacha a ghlacadh chuige; agus as na faon-néalta fánacha a chuir dallamullóg air leis na cianta, léim suas chuige go tobann agus go beacht riocht deamhanta.

"Shíl mé gur buile ba bhun leis," ar seisean leis féin ag cur an pháipéir chiapaigh ar ais arís sa taisceadán; "agus anois is eagal liom gur cúrsaí náire atá ann."

Leis sin mhúch sé a choinneal, chuir sé uime a chóta mór, agus d'imigh leis i dtreo Cavendish Square, limistéar an lucht leighis, mar a raibh teach ag a chara Lanyon, an dochtúir clúiteach, ar ghnách othair ag brú isteach ann ina mílte. "Má tá a fhios ag éinne, tá a fhios ag Lanyon," ar seisean ina aigne féin.

D'aithin an buitléir foisteanach é agus chuir fáilte roimhe. Níor cuireadh aon mhoill air, ach seoladh díreach isteach ón doras é go seomra an bhia, mar a raibh an Dr Lanyon ina shuí ina aonar agus é ag ól a chuid fíona go breá réidh. Duine uasal croíúil sláintiúil gasta gruadhearg ab ea é, a raibh a chuid gruaige liath roimh a aois, agus bhí sé go scléipeach. Ar fheiceáil Mhr Utterson dó, léim sé as a chathaoir agus rug ar a dhá láimh siúd go fáiltiúil. Ba dhual don duine uasal an fhlaithiúlacht sin, dá ainspianta le feiceáil í; ach bhí fíorfhéith an chairdis fúithi. Mar gur sheanchairde an bheirt seo, seandaltaí ar scoil agus sa choláiste, bhí ardmheas acu orthu féin agus ar a chéile, agus, rud nach gnách in ainneoin sin, ba rígheal leo caidreamh a chéile.

Tar éis beagáinín cainte siar agus aniar, tharraing an dlíodóir anuas an t-ábhar a bhí ag goilliúint chomh mór sin ar a intinn.

"Is dócha, a Lanyon," ar seisean, "gur mise agus tusa an bheirt chairde is sine ag Henry Jekyll?"

"Ba mhaith liomsa na cairde a bheith níos óige," arsa an Dr Lanyon. "Ach cuir i gcás gur sinn. Nach cuma sin? Is annamh a chím anois é."

"An dáiríre atá tú?" arsa Utterson. "Shíl mise go raibh spéis i gcomhar ag an mbeirt agaibh."

"Bhíodh," a d'fhreagair Lanyon. "Ach breis is deich mbliana ó shin d'éirigh Henry Jekyll rórámhailleach domsa. Chrom sé ar dhul ar cearr; ar cearr ina intinn; agus cé go gcuirim suim fós ann, ní nach ionadh, ar son na seanbhá, mar a deirtear, is beag, is fíorbheag den duine a chím ná a chonaic mé le gairid anuas. A leithéid de raiméis dhíchéillí," arsa an dochtúir, agus ghormaigh air le teann feirge, "dhéanfadh sé deargnaimhde de Dhamón agus de Phitias.

Ba laghdú beag ar bhuairt Mhr Utterson an babhta beag feirge sin. "Níl ann ach gur éirigh easaontas eatarthu mar gheall ar phointe áirithe eolaíochta," ar seisean ina aigne féin; agus ó tharla é féin a bheith gan mórspéis i gcúrsaí na heolaíochta (cé is moite de chúrsaí tíolacais), chuir sé mar aguisín leis an smaoineamh: "Ní haon ní níos measa ná sin é!" D'fhan sé tamaillín nó go bhféadfadh a chara an taom feirge a chur de, agus ansin d'aimsigh sé an cheist ba chúis lena theacht. "Ar casadh riamh leat dalta leis—duine dar sloinne Hyde?" ar seisean.

"Hyde?" a dúirt Lanyon. "Níor casadh. Níor chuala mé riamh trácht air. Ní raibh sé ann le mo linn."

B'shin é an méid eolais a thug an dlíodóir abhaile leis go dtí an leaba mhór dhorcha ar ar iomlaisc sé é féin anonn is anall nó gur tháinig breacadh an lae. Ba bheag de shuaimhneas oíche a fuair a intinn ghnóthach, agus í ag obair léi sa dorchadas á ciapadh le ceisteanna.

Buaileadh a sé a chlog ar chloigíní an teampaill a bhí chomh cóngarach sin do theach Mhr Utterson, agus bhí sé fós ag cur is ag cúiteamh. Go dtí sin níor bhain an scéal ach le taobh a intleachta amháin; ach bhí a shamhlaíocht i gceist, nó ba chirte a rá, i ngéibheann feasta; agus ina luí dó á iomlasc féin i ndorchacht na hoíche agus na cuirtíní druidte air, chuaigh scéal Mhr Enfield thart os comhair a intinne mar a bheadh stiallscannán. Samhlaíodh dó a bheith ag breathnú ar spás mór lampaí i gcathair éigin

san oíche; ansin ar riocht fir agus é ag siúl go mear; ansin ar leanbh agus í ag rith ó theach an dochtúra; agus ansin an bheirt úd ag bualadh ar a chéile, agus an deamhan daonna úd ag satailt ar an leanbh agus ag imeacht leis gan beann aige ar a cuid béiciola. Nó neachtar acu d'fheicfeadh sé seomra i dteach saibhir, mar a raibh a chara ina chodladh, agus é ag taibhreamh agus ag miongháire faoina chuid brionglóidí: agus ansin d'osclaítí doras an tseomra sin, scartaí ó chéile cuirtíní na leapa, ghlaoití ar an té a bhí ina chodladh, agus féach! sheasadh taobh leis neach lán de chumhacht, agus ar an uair mharbh sin na hoíche féin b'éigean dó éirí agus rud a dhéanamh air. Ar an dá mhodh sin a chiap an neach an dlíodóir ar feadh na hoíche; agus uair ar bith dá ndéanadh sé míogarnach, ní fheiceadh sé ach é ag sleamhnú níos aclaí trí thithe suain, nó ag gluaiseacht níos luaithe agus níos luaithe fós, nó go mbíodh meadhrán air féin, trí shráideanna ilchasta soilseacha ollchathrach, agus ag cúinne gach sráide bhrúdh sé leanbh faoi agus d'fhágadh ag béiceadh í. Agus fós ní raibh aon cheannaithe ar an neach le go n-aithneodh sé é; agus dá mba ina bhrionglóidí féin é ní bhíodh aon aghaidh air, nó aghaidh a chuir dallamhullóg air nó a leáigh os comhair a dhá shúil: agus is mar sin a d'fhás suas agus a bhorr go mear in intinn an dlíodóra mian dhaingean dhoscaoilte chun radharc a fháil ar fhíorcheannaithe Mhr Hyde. Dá bhféadfadh sé a dhá shúil a leagan air aon uair amháin, dar leis, d'éadromófaí an rúndiamhair agus b'fhéidir go n-imeodh sí ar fad, mar ba ghnách le rúndiamhra nuair a d'iniúchtaí go cruinn iad. B'fhéidir go bhfeicfeadh sé ciall le rogha aisteach nó daorsmacht (más fearr leat) a charad, agus le clásail scanrúla na huachta féin. Agus ar an gcuid ba lú de, aghaidh ab ea í ab fhiú féachaint uirthi; aghaidh duine a bhí gan trua gan taise; aghaidh nár ghá ach í féin a thaispeáint, agus thógfadh sí, in intinn Enfield, spiorad seasmhach an fhuatha.

Ón lá sin amach, chrom Mr Utterson ar an doras a bhí i gcúlsráid na siopaí a thaithí. Maidin mhoch sula mbíodh na hoifigí ar oscailt, agus i dtaca an mheán lae nuair a bhítí ar mhórán gnó agus ar bheagán uaine, agus san oíche faoi thaitneamh cheoghealach na cathrach; faoi gach aon solas agus ar

gach aon uair uaignis nó cruinnithe d'fhaightí an dlíodóir ar an bpost a bhí tofa aige.

"Más eisean Mr Hyde," ar seisean leis féin, "mise Mr Seek."

Faoi dheireadh fuair sé luach saothair a fhoighne. Oíche bhreá thirim a bhí ann a raibh sioc ar an spéir; na sráideanna chomh glan le hurlár rince; na lóchrainn gan leoithne ghaoithe á mbogadh agus iad ag breacadh na leac le solas agus le scáth. Um a deich a chlog, nuair a bhí na siopaí dúnta, bhí an chúlsráid an-uaigneach, an-chiúin in ainneoin dhordán íseal Londan mórthimpeall. Chloistí mionfhuaimeanna i gcéin; chloistí go soiléir fothram teaghlach sna tithe ar gach taobh den bhóthar; shroicheadh tuar an taistealaí an áit i bhfad roimh é féin a theacht ann. Bhí Mr Utterson roinnt nóiméad ag a phost nuair a d'airigh sé coiscéim aerach éadrom ag déanamh air. As ucht a chuid siúlóide oíche bhí seanaithne aige ar an nós aisteach a léimfidh torann coiscéimeanna duine aonair go soiléir tobann as mórfhothram agus glagarnach na cathrach, agus an duine sin fós i gcéin. Ach níor tugadh riamh roimhe sin aon ní dá aire chomh géar chomh cruinn sin; agus is le cinnteacht láidir phiseogach go raibh aige, faoi dheoidh, a chuaigh sé ar gcúl i mbéal na cúirte.

Ghéaraigh ar na coiscéimeanna a bhí ag teacht chuige, agus bhorr an fothram go tobann nuair a ghlan siad cor na sráide. Bhí i gcumas don dlíodóir, agus é ag faire amach as an bpóirse, a fheiceáil go luath cén sórt duine a bhí chuige. Fear beag a bhí ag teacht agus é faoi chulaith éadaigh lábánta; agus an dreach a bhí air, agus é an tamall sin uaidh, ghoill sé go mór ar an bhfear faire. Ach rinne mo dhuine lom díreach ar an doras, ag gabháil ceann ar aghaidh trasna na sráide leis an aimsir a spáráil; agus ar a bhealach dó, tharraing sé eochair amach as a phóca, mar a bheadh fear a bheadh ag druidim lena áras féin.

Ag gabháil thart dó, bhuail Mr Utterson amach chuige gur leag lámh ar a ghualainn. "Mr Hyde, is dóigh liom?"

Chúb Mr Hyde uaidh agus a chuid anála ag feadaíl trína fhiacla. Ach d'imigh an scanradh uaidh láithreach; agus bíodh nár fhéach sé ar an dlíodóir idir an dá shúil, d'fhreagair sé cothrom go leor: "Sin é m'ainm. Cad ab áil leat díom?"

"Feicim go bhfuil tú ag dul isteach," arsa an dlíodóir. "Seanchara don Dr Jekyll mise—Mr Utterson as Gaunt Street—ní foláir nó d'airigh tú m'ainm; agus ó tharla ort chomh hámharach sin mé, shíl mé go mb'fhéidir go ligfeá isteach mé."

"Ní bhfaighidh tú an Dr Jekyll istigh; tá sé as baile," arsa Mr Hyde agus é ag cur séideoige ar an eochair. Agus ansin go tobann, ach fós gan súil a ardú, "Conas a d'aithin tú mé?" ar seisean.

"I do thaobhsa de," arsa Mr Utterson, "an dtabharfása achainí dom?"

"Agus fáilte," arsa an duine eile. "Cad ab áil leat?"

"An ligfidh tú dom d'aghaidh a fheiceáil?" arsa an dlíodóir.

Ba dhóigh le duine gur chreathnaigh Mr Hyde; agus ansin, mar is dá mba thoradh an mhachnaimh é, thiontaigh sé thart le dúshlán; agus bhain an bheirt lán a súl as chéile go ceann tamaillín. "Aithneoidh mé feasta thú," arsa Mr Utterson. "B'fhéidir go mbeadh gá leis."

"Is fíor duit," a d'fhreagair Mr Hyde, "is maith mar a tharla; agus a leithéid seo, ba cheart mo sheoladh a bheith agat." Agus luaigh sé uimhir sráide in Soho.

"A Dhia na Glóire!" arsa Mr Utterson leis féin. "An féidir go raibh seisean ag cuimhneamh ar an uacht freisin?" Ach bhrúigh sé a smaointe faoi, agus ba le gnúsacht a d'admhaigh sé go bhfuair sé an seoladh.

"Agus féach," arsa an duine eile, "conas a d'aithin tú mé?"

"Trí thuairisc," a freagraíodh.

"Cé a thug an tuairisc uaidh?"

"Tá cairde i gcomhar againn," arsa Mr Utterson.

"Cairde i gcomhar!" arsa Mr Hyde, agus píochán ina ghlór. "Cé hiad féin?"

"Tá Jekyll, mar shampla," arsa an dlíodóir.

"Ní heisean a dúirt riamh leat é," arsa Hyde agus fearg air. "Níor shíl mé go ndéanfá an t-éitheach."

"Faire go deo," arsa Mr Utterson, "ní cuí é sin mar chaint."

Chuir an duine eile drannadh fíochasnach gáire as; agus an nóiméad ina dhiaidh sin, i bhfaiteadh na súl, bhí an doras oscailte aige agus é as radharc istigh.

D'fhan an dlíodóir ina sheasamh ansin nuair a d'fhág Mr Hyde é, agus is é a d'fhéach go míshuaimhneach. Ansin chrom sé ar ghabháil suas an tsráid go breá réidh, agus é ag stad gach re coiscéim, agus ag cur láimhe ar a mhalaí ar nós duine a mbeadh a intinn trí chéile. Ag siúl dó, bhí sé ag cur is ag cúiteamh, agus fadhb a bhí aige den sórt ar annamh a réitítear iad. Bhí Mr Hyde go mílítheach agus go habhcach; ba dhóigh le duine é bheith in anchruth, siúd is nárbh fhéidir aon mhíchuma faoi leith a ainmniú; bhí miongháire míthaitneamhach air; bhí sé tar éis é féin a iompar, mar leis an dlíodóir, le meascán marfach de chúthaileacht agus de dhánacht, agus tar éis labhairt de ghuth ciachánach cogarnaí leathbhriste—bhí na pointí úd ar fad ina choinne; ach ní fhéadfaidís siúd, agus iad go léir a chur le chéile, an déistin agus an glonn agus an eagla neamhghnách a bhí ar Mhr Utterson roimhe a mhíniú. "Ní foláir nó tá rud éigin eile ann," arsa an duine uasal buartha leis féin. "Tá rud éigin eile ann, cinnte, dá bhfaighinn ainm a chur air. A Dhia na bhfeart is ar éigean is daonnaí atá ann! Rud éigin mar a bheadh róinseach, abair? nó an amhlaidh gurb é dála sheanscéal an Dr Fell é? nó an amhlaidh nach bhfuil ann ach bloscadh drochanama a lonraíonn mar sin trína shoitheach cré agus a chuireann athrach crutha air? Sin é é, is dóigh liom; mar, a Harry Jekyll, a sheanchara bhoicht, má léigh mé riamh comhartha Shátain ar chuntanós duine, is ar aghaidh do charad nua atá sin."

Thar an gcoirnéal, tamall ón gcúlsráid, bhí cearnóg d'árais ársa áille, an chuid is mó díobh tite ón ardréim a bhí acu lá, agus iad feasta ar fostú ina n-árasáin agus ina seomraí do gach aon sórt agus gach uile chineál daoine: lucht greanta léarscáileanna, ailtirí, dlíodóirí nárbh fhónta clú agus lucht gnóthaí aineoil. Bhí aon teach amháin ann, áfach, an dara ceann ón gcoirnéal, a bhí go lánáitithe; agus bhí mór-rian an tsaibhris agus an chompoird air, cé go raibh sé an uair sin faoi dhorchadas ach amháin fuinneoigín an fhardhorais. Stad Mr Utterson agus chnag ar an doras. D'oscail seansearbhónta dea-ghléasta an doras.

"An bhfuil an Dr Jekyll istigh, a Phoole?" arsa an dlíodóir.

"Féachfaidh mé, a Mhr Utterson," arsa Poole, agus leis an bhfocal sin thionlaic sé an cuairteoir isteach i halla mór, díoníseal,

compordach, tine sholasmhar oscailte ann (ar nós tí tuaithe), agus é gléasta le caibinéad costasach darach. "An bhfanfaidh tú anseo cois na tine, a dhuine uasail? nó an dtabharfaidh mé solas sa seomra bia duit?"

"Fanfaidh mé anseo, go raibh maith agat," arsa an dlíodóir, agus dhruid sé anonn agus chrom ina leathluí ar fhiondar ard an teallaigh. Peata croí lena chara an dochtúir ab ea an halla inar fágadh ina aonar ansin é; agus ba ghnách le hUtterson féin a rá gurbh é an seomra ba shuairce i Londain é. Ach anocht bhí creathán ina chuid fola; agus luigh cuntanós Hyde go trom anuas ar a mheabhair; mhothaigh sé (rud ab annamh leis) glonn agus déistin don bheatha; agus toisc a dhubhaí agus a bhí a mheanma, samhlaíodh dó go bhfaca bagairt i bpreabarnach an tsolais ón tine ar na caibinéid líofa agus sa chaoi shníomhach a ngeiteadh an scáil ar an díon. Ba náir leis an faoiseamh a fuair sé, nuair a d'fhill Poole i gceann tamaillín agus dúirt go raibh an Dr Jekyll imithe amach.

"Chonaic mé Mr Hyde ag dul isteach ar dhoras an tseanseomra diosctha, a Phoole," ar seisean. "An ceart sin a bheith ar siúl agus gan an Dr Jekyll a bheith istigh?"

"Ceart go leor, a Mhr Utterson, a dhuine uasail," a d'fhreagair an searbhónta. "Tá eochair ag Mr Hyde."

"Shamhlófaí go bhfuil an-iontaoibh ag do mháistir as an ógánach úd, a Phoole," arsa an duine eile as a mhachnamh.

"Tá, a dhuine uasail, tá go deimhin," arsa Poole. "Ordaíodh dúinn go léir bheith umhal dó."

"Ní dóigh liom gur casadh Mr Hyde riamh orm?" arsa Utterson.

"Ó im briathar nár casadh, a dhuine uasail. Ní thagann sé choíche chun dinnéir anseo," arsa an buitléir. "Go deimhin is tearc radharc a fhaighimid air ar an taobh seo den teach; is gnáth leis teacht agus imeacht tríd an tsaotharlann."

"Is ea, oíche mhaith agat, a Phoole."

"Oíche mhaith agat, a Mhr Utterson." Agus thug an dlíodóir a aghaidh ar an mbaile faoi thromchroí. "Harry bocht Jekyll," ar seisean ina aigne, "is eagal liom go mór é bheith go domhain san aimléis! Bhíodh sé go baoth agus é ina ógánach; tá tamall maith ó

shin ann anois, go deimhin; ach ní bhaineann reacht na dtréimhsí le dlí Dé. Ach! Ní foláir nó is é sin atá ann; taibhse seanpheaca éigin, ailse scannail éigin a bhí faoi cheilt; an pionós ag teacht, *pede claudo*, na blianta tar éis don locht an dearmad a fháil ón gcuimhne agus an maithiúnas a fháil ón bhféinghrá." Le scanradh an smaoinimh sin chrom an dlíodóir ar mhachnamh tamall ar a ndeachaigh thairis dá shaol féin, agus thosaigh sé ag útamáil i ngach uile chúinne dá chuimhne, ar eagla na heagla go mbeadh giocsaí i mbosca éigin ansiúd a phreabfadh chun solais. Bhí a shaol beagnach gan locht; ba thearc duine a d'fhéadfadh rollaí a bheatha a léamh lena laghad sin faitís; ach ina dhiaidh sin umhlaíodh go talamh é trína liacht sin drochghníomhartha a bhí déanta aige, agus tógadh suas arís é trí bhuíochas stuama eaglach toisc an méid dóbair dó a dhéanamh ach gur sheachain sé iad. Agus ansin, ag filleadh dó ar an ábhar bunúsach, ghabh splanc dóchais é. "An Máistir Hyde seo, dá ndéantaí staidéar air," ar seisean leis féin, "ní foláir nó tá rúin leis féin aige; drochrúin, más fíor don dreach atá air; rúin gur solas gréine i gcomparáid leo an rud is measa dá ndearna Jekyll bocht riamh. Tagann fuarchrith orm nuair a smaoiním ar an gcréatúr seo agus é ag téaltú ar nós gadaí go colbha leapa Harry; Harry bocht, cad é mar dhúiseacht dó é! Agus an baol atá ann! Mar má tá amhras ag an Hyde seo ar an uacht a bheith ann, b'fhéidir go mb'fhonn leis dul in oidhreacht láithreach. Ach! caithfidh mé mo ghualainn a chur leis an roth—más rud go ligeann Jekyll dom é," ar seisean mar aguisín, "más rud go ligeann Jekyll dom é." Agus chonaic sé arís eile os comhair shúile a intinne, chomh glan le soiléireacht, clásail aisteacha na huachta.

CAIBIDIL III

BHÍ AN DR JEKYLL AR A SHUAIMHNEAS

Coicís ina dhiaidh sin, ar ámharaí an tsaoil, thug an dochtúir cuireadh chun dinnéir do chúigear nó seisear dá sheanchairde, fir intleachtacha chlúiteacha iad go léir, agus ba mhaith an breitheamh ar fhíon gach duine acu; agus shocraigh Mr Utterson an scéal ar nós gur fhan seisean ar deireadh nuair a bhí an chuid eile acu imithe. Níorbh aon socrú nua é sin, ach rud a ráinigh go mion minic cheana. An áit a mbíodh meas ar Utterson, bhíodh an-mheas air. Ba mhaith le hóstaigh an dlíodóir tur a choinneáil, nuair a bhíodh lucht an chroí éadroim agus na teanga scaoilte ag gabháil cheana thar tairseach; b'ait leo suí tamall ina chuideachta chiúin, ag cleachtadh i gcomhair an uaignis, ag sollúnú a n-intinne i dtost sásta an duine sin, tar éis ar chaith siad de chostas agus d'fhuinneamh sa siamsa. Ba mar sin don Dr Jekyll leis; agus an t-am seo bhí sé ina shuí ar an taobh thall den tine—fear mór dea-chumtha de chaoga bliain a bhí ann agus aghaidh mhín air. Bhí a shracfhéachaint beagán slim, b'fhéidir, ach bhí rian na clisteachta agus na láíochta air—d'fhéadfá a rá le féachaint air go raibh ardchion aige ar Mhr Utterson agus an-bhá aige leis.

"Theastaigh uaim labhairt leat, a Jekyll," arsa Utterson ag tosú ar an scéal. "An uacht úd leat, tá fhios agat?"

Aon duine a d'fhéachfadh go cruinn ar an dochtúir d'fheicfeadh sé nár thaitin an scéal leis; ach cheil sé an méid sin faoi scáth an mhagaidh. "A Utterson, a chara bhoicht," ar seisean, "is mí-ádh

duitse a bheith mar aturnae agamsa. Ní fhaca mé riamh duine chomh buartha is a bhí tusa mar gheall ar m'uacht; murab é an seanfhear saoithíneach righinchraicneach úd Lanyon, i dtaobh mo chuid eiriceachta eolaíochta, mar a dúirt sé. Ó tá fhios agam gur togha dea-dhuine atá ann—ná cuir gruaim i do mhalaí— togha duine ar fad, agus bíonn sé d'intinn agam i gcónaí é a fheiceáil níos minice; ach seansaoithín cruthanta atá ann ina dhiaidh sin; duine mímhúinte bladhmannach. Níor theip éinne riamh orm mar a theip Lanyon."

"Tá fhios agat nár thaitin sí riamh liom," arsa Utterson, ag tagairt don uacht i gcónaí agus ag seachaint an ábhair nua cainte.

"M'uachtsa? Níor thaitin go deimhin, tá fhios agam sin," arsa an dochtúir agus iarracht de shearbhas ar a ghuth. "Dúirt tú sin liom."

"Deirim leat arís é, más ea," arsa an dlíodóir. "Táim tar éis beagán a fhoghlaim i dtaobh Hyde óg."

Bhánaigh ar aghaidh mhór bhreá an Dr Jekyll go fiú na beola, agus dhorchaigh timpeall a shúl. "Ní maith liom a thuilleadh a chloisteáil," ar seisean, "Shíl mé gur aontaíomar gur scéal marbh é sin."

"B'uafásach é an méid a chuala mé," arsa Utterson.

"Is cuma sin. Ní thuigeann tusa an ponc ina bhfuilim," arsa an dochtúir agus é roinnt trí chéile. "Táim i gcruachás, a Utterson; táim suite go haisteach—go han-aisteach ar fad. Rud is ea é nach leigheasfar le caint dá fheabhas."

"A Jekyll," arsa Utterson, "tá seanaithne agat ormsa; is duine iontaofa mé. Inis an fhírinne domsa faoi rún; agus níl amhras orm nach bhféadfaidh mé thú a scaoileadh as."

"A Utterson chóir," arsa an dochtúir, "is maith uait sin, is an-mhaith uait é, agus ní fhéadfainn mo bhuíochas a chur i mbriathra. Creidim thú go hiomlán; chuirfinn mo mhuinín ionatsa seach aon fhear eile beo—sea, seacham féin, dá mbeadh an rogha agam; ach go deimhin ní mar a shíleann tú atá; níl sé chomh dona sin; agus chun do dhea-chroí a chur chun suaimhnis, inseoidh mé duit aon ní amháin; aon uair is maith liom féin é, tig liom droim mo láimhe a thabhairt le Hyde. Tugaim m'fhocal duit air sin, agus táim buíoch díot arís agus arís eile; agus cuirfidh mé

aon aguisín amháin leis, a Utterson, agus mé cinnte nach dtógfaidh tú orm é; rud príobháideach is ea é seo; agus impím ort é a fhágáil ina chodladh."

Rinne Utterson machnamh, agus é ag féachaint isteach sa tine.

"Níl aon amhras orm nach bhfuil lom an chirt agat," ar seisean sa deireadh, agus d'éirigh ina sheasamh.

"Tá go maith," arsa an dochtúir ag leanúint leis, "ach ó tharla dúinn tagairt don scéal, agus den uair dheiridh tá súil agam, tá aon phointe amháin ann ar mhaith liom thú á thuiscint. Is mór é mo shuim i Hyde bocht. Tá fhios agam go bhfaca tú é; dúirt sé liom é; agus is eagal liom go raibh sé drochmhúinte leat. Ach cuirim spéis mhór, an-mhór, san óganach sin; agus má scaraim leis an saol seo, a Utterson, ba mhaith liom do ghealltanas a fháil uait go gcuirfidh tú suas leis agus go bhfaighidh tú a chearta dó. Sílim go ndéanfá an méid sin dá mbeadh fios an scéil ar fad agat; agus b'ualach de mo chroí é an gealltanas sin a fháil uait."

"Ní ligfinn orm choíche go mbeadh bá agam leis," arsa an dlíodóir.

"Ní iarraim sin," arsa Jekyll d'impí, agus leag sé a lámh ar ghualainn an duine eile; "ní iarraim ort ach cabhrú leis ar mo shonsa, nuair nach mbeidh mé anseo a thuilleadh."

Lig Utterson osna as nárbh fhéidir a chosc. "Tá go maith," ar seisean, "geallaim duit é."

CAIBIDIL IV

DÚNMHARÚ CAREW

Beagnach bliain ina dhiaidh sin, i mí Dheireadh Fómhair 18—, scanraíodh Londain le coir a bhí thar fóir ar fad le fíochmhaire, agus ba mhóide a tugadh faoi deara í toisc a airde a bhí céim an duine a maraíodh. Ba bheag agus ba bhíogach cnámha an scéil. Bhí cailín aimsire ina cónaí ina haonar i dteach a bhí ar cóngar na habhann, agus chuaigh sí suas an staighre chun a leapa timpeall a haon déag a chlog san oíche. Cé go raibh ceo os cionn na cathrach um thráthnóna, bhí an spéir gan néal i dtús na hoíche, agus bhí lonrú na lánghealaí ar an mbóithrín a bhí faoi fhuinneog an chailín. Shamhlófaí go raibh sí tugtha do rómánsaíocht; mar bhuail sí fúithi ar a bosca, a bhí díreach cois na fuinneoige, agus thosaigh sí ar bheith ag machnamh di féin. Is minic a deireadh sí ina dhiaidh sin ag insint an scéil di, agus na deora ag titim léi, nár mhothaigh sí í féin riamh roimhe sin chomh sítheach le cách ná chomh dea-mhéineach leis an saol. Agus a fhad is a bhí sí ina suí mar sin, thug sí faoi deara seanduine uasal álainn agus gruaig bhán air ag tarraingt ina treo ar an lána; agus ag teacht ina choinne bhí duine uasal eile agus é an-bheag. Níor thug sí mórán suntais dósan ar dtús. Nuair a bhí an bheirt i bhfoisceacht chomhrá (díreach faoi shúile an chailín) d'umhlaigh an seanfhear agus bheannaigh sé don duine eile go deas galánta. Níor samhlaíodh di gur róthábhachtach a t-ábhar cainte a bhí aige; go deimhin, óna gheáistí, shílfeá uaireanta gur ag iarraidh

eolais na slí a bhí sé; ach shoilsigh an ghealach ar a cheannaithe agus é ag labhairt, agus ba mhaith leis an gcailín breathnú air, d'fhéach sé chomh neamhchiontach chomh seanlách sin, agus ina theannta sin chomh huasal agus chomh lán de shástacht. Ar ball thit a súil ar an duine eile, agus bhí ionadh uirthi nuair a d'aithin sí gur Mr Hyde áirithe a bhí ann, duine a tháinig ar cuairt aon uair amháin ar a máistir, agus nár thaitin léi. Bhí ina lámh aige bata trom, agus é ag imirt leis; ach níor fhreagair sé focal, agus ba dhóigh le duine air go raibh sé ag éisteacht le mífhoighne ba dheacair a chosc. Agus ansin ar iompú na boise bhris ar an bhfoighne aige le rabharta feirge, bhuail sé a leathchos in aghaidh an talaimh, bheartaigh sé an bata, agus d'iompair sé é féin (mar a dúirt an cailín) ar nós duine buile. Chuaigh an seanduine uasal coiscéim ar gcúl, agus cosúlacht air go raibh ionadh air agus é goillte beagán. Leis sin chuaigh Mr Hyde thar na bearta ar fad, agus leag sé ar talamh le buille bata é. Agus nóiméad ina dhiaidh sin, le fíochmhaire ápa, bhí sé ag satailt ar an gcorpán faoina chosa, é ag radadh stoirme buillí anuas air a bhris na cnámha le torann agus a thug ar an gcorp damhsa ar an mbóthar. Le scanradh an méid a chonaic sí agus a chuala sí thit an cailín aimsire i bhfanntais. Bhí sé a dó a chlog nuair a tháinig sí chuici féin agus ghlaoigh ar na póilíní. Bhí an murdaróir imithe le fada; ach bhí an corp sínte i lár an lána go basctha brúite. An bata lena ndearnadh an choir, briseadh é ina lár faoi thurraing an fhiántais dhíchéillí sin, cé gur maide neamhchoiteann, an-righin, an-trom a bhí ann; agus thit a leath de agus é spleantráilte sa gháitéar: gan amhras rug an murdaróir an leath eile chun siúil leis. Fuarthas sparán agus uaireadóir óir ar an gcorp; ach ní raibh aon chártaí ná páipéir, cé is moite de chlúdach litreach ar a raibh séala agus stampa—is dócha gur á thabhairt go dtí an post a bhí an duine a maraíodh—agus ainm agus seoladh Mhr Utterson air.

Tugadh an clúdach go dtí an dlíodóir maidin lá arna mhárach sular éirigh sé as a leaba; agus ní túisce a chonaic sé é agus a insíodh dó ar thit amach ná chuir sé pus gruama air féin. "Ní déarfaidh mé tada go bhfeice mé an corp," ar seisean, "níl a fhios

nach scéal an-trom é seo. Fan, le do thoil, go gcuire mé umam." Bhí an fhéachaint ghruama chéanna air agus é ag ithe a bhricfeasta faoi dheifir, agus a fhad a bhíothas á thiomáint go stáisiún na bpóilíní, áit ar iompraíodh an corp roimhe sin. Ní túisce a tháinig sé isteach sa chillín ná gur bhagair sé lena cheann.

"Is ea," ar seisean, "aithním é. Is oth liom a rá gurb é seo Sir Danvers Carew."

"A Dhia na bhfeart! An féidir é, a dhuine uasail?" arsa an t-oifigeach. Agus an nóiméad ina dhiaidh sin las a dhá shúil le huaillmhian ghairme. "Beidh an-fhústar ann mar gheall air seo," ar seisean. "Agus b'fhéidir go bhféadfása sinn a chur ar thóir an choirpigh." Agus d'inis sé go hachomair a bhfaca an cailín aimsire, agus thaispeáin sé an bata briste dó.

Bhí Mr Utterson tar éis creathnú roimh ainm Hyde; ach nuair a cuireadh an bata os a chomhair amach, níor fhéad sé bheith in amhras a thuilleadh; más briste batráilte féin a bhí an bata, d'aithin sé gurb é an ceann céanna é a bhronn sé féin roinnt mhaith blianta roimhe sin ar Henry Jekyll.

"An duine beag é an Mr Hyde seo?" ar seisean.

"An-bheag ar fad agus an-fhiáin le féachaint air, de réir mar a deir an cailín aimsire," arsa an t-oifigeach.

Rinne Mr Utterson machnamh; agus ansin, ag tógáil a chinn, "Má thagann tú liomsa i mo chab," ar seisean, "sílim go dtig liom thú a thionlacan go dtí a theach."

Um an dtaca sin bhí sé timpeall a naoi a chlog ar maidin, agus bhí céadcheo an tséasúir ann. Bhí brat mór donnchorcra anuas ar an spéir, ach bhí an ghaoth i gcónaí ag ionsaí agus ag ruaigeadh na ngal suaite sin; mar sin, a fhad a bhí an cab ag snámh leis go mall ó shráid go sráid, chonaic Mr Utterson sórt clapsholais ar mhalairt iontach de ghráid agus de dhathanna; mar anseo bheadh sé chomh dorcha le deireadh nóna; ansiúd bheadh gríos donn, lasartha ann ar nós solais tine éigin éagsamhalta; agus in áit eile, le nóiméad spáis, bheadh an ceo briste go hiomlán, agus shleamhnaíodh ga bán gréine isteach idir na sraitheanna sníomhacha. Ag féachaint ar limistéar suarach Soho de chorr-

PRINTÉIR
CAIFÉ
CLÓPHREAS

radharc, lena shráidíní lathaí agus a thaistealaithe gioblacha, agus a chuid lóchrann nár múchadh fós nó a athlasadh chun athionsaí an dorchadais a chloí, samhlaíodh don dlíodóir gur cheantar é i gcathair éigin a d'fheicfeadh duine trí thromluí. Bhí a chuid smaointe, leis, den dath ba ghruama; agus nuair a d'fhéachadh sé ar an gcompánach mhothaíodh sé roinnt éigin den eagla sin roimh an dlí agus roimh fheidhmeannaigh an dlí a thagann uaireanta ar an duine macánta féin.

Nuair a stad an cab os comhair an árais a luadh, thóg an ceo beagán, agus foilsíodh sráid shalach lán de thithe tábhairne, teach bia suarach Francach ann, siopa ina ndíoltaí páipéir phingine agus sailéid dhá phingin, páistí gioblacha go leor ann, iad dlúite le chéile sna póirsí, agus an-iomad ban den uile chine ag gabháil amach, agus a gcuid eochracha i lámh acu, i gcomhar na gloine maidine; agus an chéad nóiméad eile thuirling an ceo athuair ar an áit sin, agus é chomh donn le humbar, agus bhain de radharc ar an gceantar bligeardach ina raibh. B'sheo é sainbhaile chara Henry Jekyll; duine ab oidhre ar cheathrú milliún glan.

D'oscail seanbhean a raibh éadan bánbhuí agus gruaig ar dhath an airgid uirthi an doras. A haghaidh mhín slíobtha ag an bhfimíneacht, ach bhí sí féin go béasach, galánta. Dúirt sí gurbh é sin teach Mhr Hyde, ach go raibh sé féin as baile; gur tháinig sé isteach an-déanach an oíche roimhe sin, ach gur ghabh sé amach arís taobh istigh de leathuair an chloig nó mar sin; nár cheart ionadh a dhéanamh de sin; go mbíodh sé go han-neamhrialta ina bhéasa, agus gur mhinic a bhíodh sé as baile; mar shampla, nár leag sí súil air le beagnach dhá mhí go dtí an lá roimhe sin.

"Tá go maith, más ea, ba mhaith linn a sheomraí a fheiceáil," arsa an dlíodóir; agus nuair a thosaigh an bhean á chur ina luí orthu nárbh fhéidir sin, "B'fhearr dom a insint duit," ar seisean, "cé hé an duine seo. Seo é an Cigire Newcomen as Scotland Yard."

Tháinig luisne lúthgháire an fhuatha ar aghaidh na mná. "Á!" ar sise. "Tá sé i sáinn. Cad tá déanta aige?"

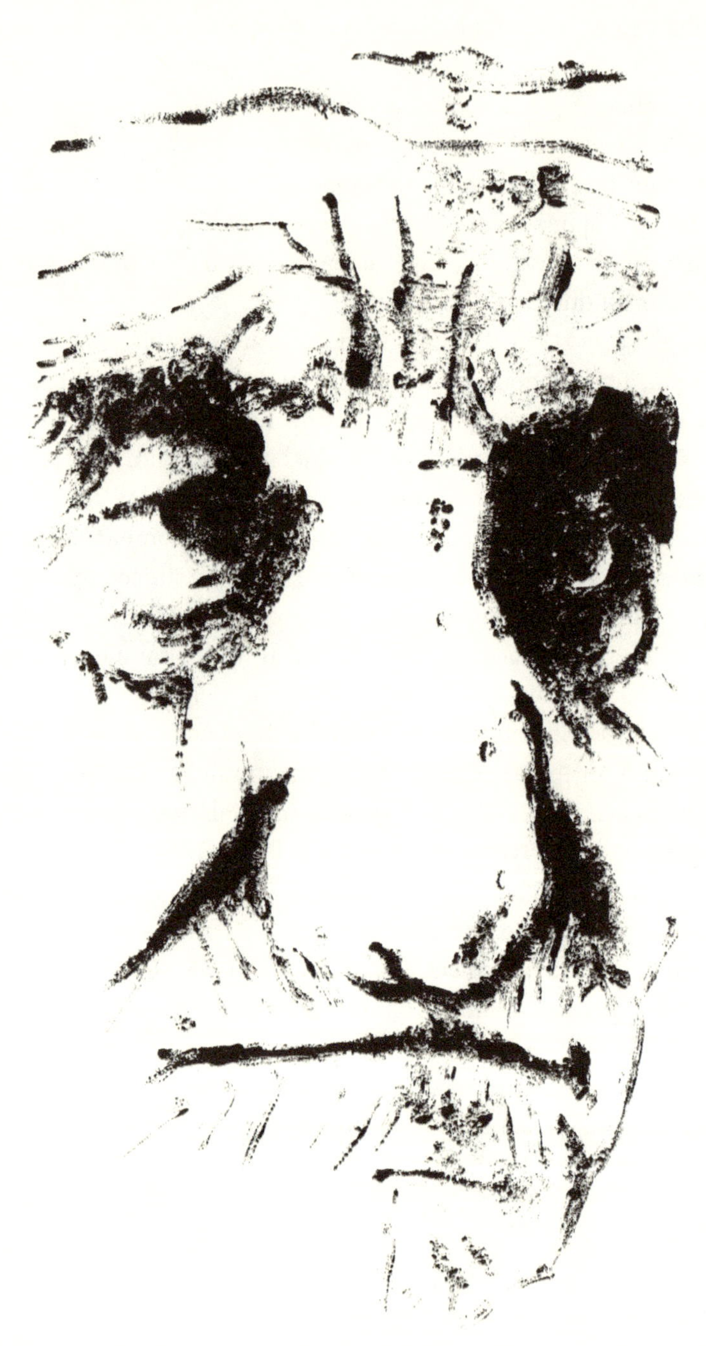

D'fhéach Mr Utterson agus an cigire ar a chéile. "Ní dhealraíonn an scéal gur duine é is mór ag an slua," arsa an cigire.

"Is ea anois, a bhean chóir," arsa an dlíodóir, "lig dom féin agus don duine uasal seo an áit a bhreathnú."

Murach an tseanchailleach bheadh an teach go léir folamh; mar ní raibh ag Mr Hyde in úsáid ach an dá sheomra amháin; ach bhí siad siúd faoi throscán maith agus iad go néata. Bhí cupard ann agus é lán d'fhíon; d'airgead ab ea na leastair, agus bhí na héadaí boird go hálainn; bhí pictiúr maith ar crochadh ar an mballa, tabhartas (a cheap Utterson) ó Henry Jekyll, fear ag a raibh eolas maith ar a leithéid; agus bhí na brait urláir go tiubh agus go deadhaite. Um an dtaca sin, áfach, bhí gach aon chosúlacht ar na seomraí gur ghairid ó bhíothas ag útamáil iontu faoi dheifir; bhí éadaí anseo is ansiúd ar an urlár, agus na pócaí taobh istigh amuigh orthu; bhí gach aon tarraiceán ar lánoscailt; agus ar leac an teallaigh bhí carnán de luaithreach liath, mar is dá mbeifí tar éis mórán páipéar a dhó. As na smcaróidí seo thóg an cigire amach bun seicleabhair uaine nár dódh amach is amach; fuarthas an leath eile den bhata taobh thiar den doras; agus mar gur chuir seo barr ar a chuid amhrais, dúirt an t-oifigeach go raibh an-áthas air. Chuaigh siad go dtí an banc, áit a bhfuair siad na mílte punt i dtaisce i bhfabhar an choirpigh, agus chuir sin an chloch cinn ar a shásamh.

"Mise mo bhannaí duit, a dhuine uasail," ar seisean le Mr Utterson, "go bhfuil sé i mo ghlac. Ní foláir nó is as a mheabhair a bhí sé agus a rá gur fhág sé an bata ina dhiaidh, agus go mór mór gur dhóigh sé an seicleabhar. Airgead is beatha don duine, dar ndóigh. Níl againn le déanamh ach fanacht leis ag an mbanc, agus na lámhbhillí a chur amach.

Níorbh fhurasta an méid seo a dhéanamh, áfach, mar is tearc duine a raibh aithne mhaith aige ar Mhr Hyde—máistir an chailín aimsire féin ní fhaca sé ach faoi dhó é; ní raibh tásc ná tuairisc ar a mhuintir; grianghraf de níor tógadh riamh; agus an fíorbheagán a d'fhéadfadh cur síos air, ní raibh siad ar aon ghuth, mar is gnách le féachadóirí coitianta. Bhí siad ar aon aigne

amháin ar aon phointe amháin; agus ba é sin go raibh ar an duine a bhí ar iarraidh ainimh éigin ceilte a d'fhanadh buailte isteach i gcuimhne an té a d'fheicfeadh é.

Caibidil V

Eachtra na Litreach

Bhí sé go mall sa tráthnóna nuair a shroich Mr Utterson doras an Dochtúra Jekyll, mar ar lig Poole isteach láithreach é, agus seoladh síos thar oifigí na cistine é, agus trasna clóis a bhí ina ghairdín uair, go foirgneamh ar a dtugtaí an tsaotharlann nó an seomra diosctha de réir tola. Is amhlaidh a cheannaigh an dochtúir an teach ó oidhre máinlia chlúitigh; agus ó tharla gur chuir sé féin níos mó suime sa cheimic ná mar a chuir san anatamaíocht, rinne sé a mhalairt úsáide den fhoirgneamh a bhí ag bun an ghairdín. Ba é an chéad uair ag an dlíodóir é dul isteach sa roinnt sin de ghabháltas a charad; agus chaith sé súil fhiosrach ar an struchtúr salach a bhí gan fhuinneog, agus ag gabháil trasna na saotharlainne dó, d'fhéach sé timpeall, agus uaigneas míshásta ina mheon, ar an áit a bhíodh lán de mhic léinn dhúthrachtacha uair dá raibh, ach a bhí anois go cnámhach ciúin, na boird faoi ualach gléasanna ceimice, boscaí agus easair srathnaithe ar an urlár, agus an solas ag teacht anuas go doiléir tríd an gcúpóil cheoch. Ag an gceann ab fhaide uaidh bhí staighre suas go doras a bhí clúdaithe le bréid dearg; agus tríd an doras sin tionlacadh Mr Utterson isteach, faoi dheireadh, i seomra an dochtúra. Seomra mór a bhí ann, é gléasta thart timpeall le cupaird ghloine; i dteannta troscáin eile bhí ann scáthán mór agus bord gnó, agus radharc uaidh amach ar an gcúirt as trí fhuinneog dheannachúla faoi bharraí iarainn. Bhí tine ar lasadh sa ghráta; lampa lasta ar an gclabhar, mar sna tithe cónaithe féin bhí an ceo go tiubh anuas ann; agus ansiúd, in aice an ghortha, bhí an Dr Jekyll ina shuí,

MURDAR
FUAFAR

agus cosúlacht marbhthinnis air. Níor éirigh sé le beannú dá aoi, ach shín sé amach lámh fhuar, agus d'fhear fáilte roimhe le guth ina raibh athrú tagtha.

"Agus," arsa Mr Utterson, chomh luath agus a scar Poole leo, "ar airigh tú an nuacht?"

Chreathnaigh an dochtúir. "Bhíothas á chraoladh ar an gcearnóg," ar seisean. "Chuala mé iad agus mé i mo sheomra bia."

"Aon fhocal amháin," arsa an dlíodóir. "Cliant domsa ab ea Carew; ach sin é do dhálasa leis; agus ba mhaith liom fios mo ghnó a bheith agam. Ní hamhlaidh a bhí sé de dhíth céile ort an duine seo a cheilt?"

"Tugaim an leabhar, a Utterson," arsa an dochtúir, "mo mhionnaí agus mo mhóideanna nach leagfaidh mé súil air go bráth arís. M'fhocal duit go bhfuilim réidh leis ar an saol seo. Tá deireadh leis an ngnó go léir. Agus go dearfa ní theastaíonn mo chúnamhsa uaidh; ní haithnid duitse mar is aithnid domsa é; tá sé ó bhaol ar fad; creid mise nach mbeidh trácht air choíche arís."

D'fhan an dlíodóir ag éisteacht leis go gruama; níor thaitin leis a neamhshuaimhní agus a bhí a chara. "Tá tú sách cinnte de, de réir cosúlachta," ar seisean; "agus ar do shonsa tú súil agam go mbeidh an ceart agat. Dá dtarlódh triail ann, ba dhóichí d'ainm a theacht os comhair an phobail."

"Táim lánchinnte de," a d'fhreagair Jekyll; "tá cúis cinnteachta agam nach bhféadaim a chur in iúl d'éinne. Ach ba mhaith liom do chomhairle a fháil ar aon rud amháin. Tá—tá litir faighte agam; agus táim i gcás idir dhá chomhairle cé acu ba chóir dom í a thaispeáint do na póilíní nó nár chóir. Ba mhaith liom an cheist a fhágáil fútsa, a Utterson; dhéanfása breith chríonna, táim cinnte de; cuirim an méid sin iontaoibhe ionatsa."

"Tá faitíos ort, is dócha, go sceithfeadh sí air," arsa an dlíodóir.

"Níl," arsa an duine eile. "Ní féidir liom a rá ach gur róchuma liom cad a éireoidh do Hyde; táim réidh leis, cinnte. Ag smaoineamh ar mo chlú féin a bhí mé—clú atá bognochta ag an scéal gránna seo."

Rinne Utterson machnamh go ceann tamaill; bhí ionadh air a leithlí agus a bhí a chara; ach ina dhiaidh sin chuir sin faoiseamh air. "Is ea," ar seisean faoi dheireadh, "feicim an litir."

Scríbhneoireacht aisteach dhíreach a bhí ar an litir, agus "Edward Hyde" lena bun; agus ba é brí an scéil, achomair go leor, nár ghá dá chara, .i. an Dr Jekyll, dár thug an scríbhneoir drochaiseag le fada ar a mhílte dea-bheart, aon eagla a bheith air mar gheall airsean, mar go raibh aige sás chun teite a raibh muinín a anama as. Thaitin an litir maith go leor leis an dlíodóir; chuir sé craiceann níos fearr ar an gcairdeas ná mar a shíl sé; agus fuair sé locht air féin as ucht é bheith chomh drochamhrasach roimhe sin. "'Bhfuil an clúdach agat?" ar seisean.

"Dhóigh mé é," arsa Jekyll, "sular chuimhnigh mé ar cad a bhí á dhéanamh agam. Ach ní raibh aon mharc poist air. Síneadh an nóta anseo isteach."

"An miste dom í seo a choimeád go ndéanfaidh mé machnamh na hoíche uirthi," arsa Utterson.

"Ba mhaith liom tusa a dhéanamh an bhreithiúnais dom go hiomlán," a freagraíodh. "Tá gach aon mhuinín dá raibh agam asam féin caillte agam."

"Is ea, déanfaidh mé an scéal a mhachnamh," a d'fhreagair an dlíodóir. "Agus aon fhocal amháin eile: ba é Hyde a dheachtaigh téarmaí na huachta i dtaobh tusa a dhul ar ceal?"

Ba dhóigh le duine gur tháinig roinnt lagair ar an dochtúir; dhún sé a bhéal go docht agus bhagair a cheann.

"Bhí fhios agam é," arsa Utterson. "Bhí sé d'intinn aige thú a mharú. Is ar éigean anama a chuaigh tú as. Fuair tú seans caol."

"Fuair mé rud eile is fearr ná sin," arsa an dochtúir go sollúnta: "múineadh ceacht dom... Ó a Dhia na glóire..." Agus d'fholaigh sé a aghaidh lena lámha go ceann tamaill.

Ag dul amach dó, stad an dlíodóir le beagán cainte a dhéanamh le Poole. "A leithéid seo," ar seisean "síneadh litir isteach inniu; cén sórt teachtaire a bhí léi?" Ach bhí Poole lánchinnte nár tháinig aon ní ach tríd an bpost; "agus níor tháinig sa tslí sin ach fógraí," ar seisean.

Chuir an scéal seo an cuairteoir chun siúil agus a eagla arna hathnuachan. Ba shoiléir gur trí dhoras na saotharlainne a tháinig

an litir; go deimhin, b'fhéidir gur san oifig a scríobhadh í; agus más amhlaidh a bhí, chaithfí a breithniú ar a mhalairt de nós, agus a láimhseáil le haire ba dhá mhó. Ar a bhealach abhaile bhí garsúin díolta páipéar ag screadach ar fud na gcosán go raibh píochán ina scornacha: "Eagrán speisialta! Feisire a maraíodh go fealltach." B'shin feartlaoi carad agus cliaint leis; agus níor fhéad sé gan eagla éigin a bheith air go mb'amhlaidh a shúfaí síos dea-cháil carad eile i gcuilithe an scannail. Ar a laghad, ba cháiréiseach an bhreith a bhí le déanamh aige; agus dá mhéad muiníne ba ghnách leis a bheith aige as féin, chrom sé ar bheith ag tnúthán le comhairle. Ní raibh sin le fáil go díreach; ach, dar leis, b'fhéidir go meallfaí a leithéid chuige.

Níorbh fhada ina dhiaidh sin go raibh sé ina shuí ar thaobh a iarta féin agus Mr Guest, a phríomhchléireach, ar an taobh eile, agus i lár baill eatarthu, i bhfoisceacht dea-thomhaiste den tine, bhí buidéal seanfhíona ar leith a bhí i bhfad gan ghréin thíos i bhfothuithe an tí. Bhí an ceo fós ar sciatháin os cionn na cathrach báite, mar a raibh na lóchrainn ag spréacharnach ar nós carrmhogal; agus trí shochtadh agus trí mhúchadh na néal íseal bhí mórshiúl shaol na cathrach fós ag rolladh isteach trí na príomhbhealaí móra le torann ar nós tréanghaoithe. Ach bhí an seomra go haerach le solas na tine. Dála an bhuidéil, is fada ó leádh gach géire a bhí ann ar dtús; bogadh an dath impiriúil leis an aimsir, mar a dhoimhnítear an dath sna fuinneoga daite; agus bhí goradh na dtráthnónta teo fómhair ar fhíonghoirt ar thaobhanna cnoc ullamh chun scaoileadh agus scaipeadh a chur ar cheo Londan. Bogadh an dlíodóir i ngan fhios dó féin; ní raibh fear ar bith óna gcoinníodh sé a laghad sicréidí agus a choinníodh sé ó Mhr Guest; agus ní bhíodh sé féin cinnte i gcónaí ar choinnigh sé an méid díobh ba cheart. Is minic a chuaigh Guest go teach an dochtúra; bhí aithne aige ar Phoole; ar éigean a d'fhéadfadh cead an tí a bheith ag Mr Hyde gan fhios dó; bheadh a thuairimí féin aige: nach raibh sé chomh maith, mar sin go bhfeicfeadh sé litir a chuirfeadh, b'fhéidir, cóir ar an rúndiamhair? Agus, os cionn gach uile ní, ó tharla go mba nádúrtha cineálta an beart é dar le Guest, duine a bhí ina eolaí agus ina bhreitheamh ar scríbhneoireacht. Seachas sin, fear comhairle ab ea an cléireach; níor dhóichí go

léifeadh sé meamram chomh héagsúlach gan rud éigin a rá ina thaobh; agus b'fhéidir go seolfadh Mr Utterson a chúrsa feasta de réir an taerthó sin.

"Is mór an scéal é seo i dtaobh Sir Danvers," ar seisean.

"Is mór, go deimhin, a dhuine uasail. Tá sé d'éis intinn an phobail a chorraí go mór," a d'fhreagair Guest. "As a mheabhair a bhí an fear gan amhras."

"Ba mhaith liom do bharúilse a fháil air sin," arsa Utterson. "Tá cáipéis agam anseo agus a lámhscríbhneoireacht féin uirthi; eadrainn féin atá sé, mar is ar éigean atá a fhios agam cad a dhéanfaidh mé mar gheall air; ar an gcuid is lú de ní deas an scéal é. Ach sin í agat í; baineann sí le do cheirdse; scríbhinn ó lámh murdaróra."

Las súile Guest, agus shuigh sé síos ar an bpointe agus chrom ar staidéar dúthrachtach a dhéanamh uirthi. "Níorbh ea, a dhuine uasail," ar seisean; "ní as a mheabhair a bhí sé; ach is aisteach an scríbhneoireacht í."

"Agus scríbhncoir aisteach a rinne, de réir gach cuntais," arsa an dlíodóir.

Ansin díreach tháinig an searbhónta isteach agus nóta aige.

"An ón Dr Jekyll é sin, a dhuine uasail," arsa an cléireach. "Shíl mé gur aithin mé an lámh. An bhfuil aon ní príobháideach ann, a Mhr Utterson?"

"Níl aon ach cuireadh chun dinnéir. Cad chuige? Arbh áil leat a fheiceáil?"

"Móimint amháin. Go raibh maith agat, a dhuine uasail," agus leag an cléireach an dá bhileog pháipéir taobh le taobh agus chuir i gcomparáid a raibh iontu. "Go raibh maith agat, a dhuine uasail," ar seisean faoi dheireadh, agus é á dtabhairt ar ais; "is an-spéisiúil an scríbhinn í."

Tháinig sos sa chomhrá, a fhad a bhí Mr Utterson ag gleacaíocht leis féin. "Cén fáth ar chuir tú i gcomparáid iad, a Ghuest?" ar seisean go tobann.

"Is dóigh, a dhuine uasail," a d'fhreagair an cléireach, "tá cosúlacht sách aisteach eatarthu; is ionann an dá láimh ina lán pointí; ach amháin difríocht a bheith i luí na litreacha."

"Aisteach go leor," arsa Utterson.

"Aisteach go leor, mar a deir tú," arsa Guest.

"B'fhearr liom nach ndéanfá tagairt don nóta seo, tá fhios agat," arsa an máistir.

"Ní dhéanfaidh, a dhuine uasail," arsa an cléireach. "Tuigim."

Ach ní túisce a bhí Mr Utterson ina aonar an oíche sin ná mar chuir sé an nóta faoi ghlas ina thaisceadán, mar ar fhan ina luí ón lá sin amach. "A Dhia na bhfeart!" ar seisean ina aigne féin. "A rá go ndéanfadh Henry Jekyll brionnú thar ceann murdaróra!" Agus fuaraíodh ar a chuid fola ina chuislí.

CAIBIDIL VI

EACHTRA ÉACHTACH AN DOCHTÚRA LANYON

Chuaigh an aimsir thart; tairgeadh na mílte punt mar luaíocht, óir bhíothas chomh mór sin i bhfeirg mar gheall ar bhás Sir Danvers agus dá mba leonadh don choitiantacht é; ach bhí Mr Hyde imithe as radharc na bpóilíní chomh cruinn agus dá mba nach raibh sé riamh ina bheatha. Rómhraíodh amach go leor dá ghníomhaíochtaí san am a chuaigh thart, agus ba dhroch-ghníomh gach aon cheann acu; insíodh scéalta i dtaobh dhanar-thacht an duine, a bhí chomh cruachroíoch agus chomh borb san am céanna, i dtaobh a dhrochbheatha, ar a chomrádaithe aisteacha, ar an bhfuath a bhí snaidhmthe timpeall ar a réim; ach ní raibh cogar le fáil i dtaobh cá raibh sé féin. Ón taca a d'fhág sé an teach in Soho maidin an mhurdair bhí sé imithe glan; agus diaidh ar ndiaidh, le sleamhnú thart na haimsire, thosaigh Mr Utterson ar theacht chuige féin ó bhroid na heagla, agus ar bheith níos mó ar a shuaimhneas. Ba ríleor, dar leis, mar dhíol ar bhás Sir Danvers imeacht gan teacht Mhr Hyde. Ó bhí deireadh leis an drochanáil úd feasta, thosaigh saol nua don Dr Jekyll. Tháinig sé amach as an bhfolach, cheangail sé cairdeas an athuair, bhí sé ina aoi agus ina óstach arís mar ba ghnách; agus cé go raibh a ainm in airde cheana i gcúis na déirce, ní lú ná sin a bhí cáil na cráifeachta air ó shin amach. Bhíodh sé gnóthach, bhíodh sé amuigh faoin spéir go minic, dhéanadh sé maitheas; ba dhóigh le duine gur amhlaidh a d'oscail agus las a ghnúis, cosúil agus dá

mbeadh a fhios aige ina chomhfhios féin gur dhuine fónta é, agus ar feadh breis agus dhá mhí bhí an dochtúir ar a shuaimhneas.

An t-ochtú lá d'Eanáir bhí Utterson tar éis a dhinnéar a chaitheamh i dteach an dochtúra ar pháirtí beag; bhí Lanyon ann, agus d'fhéach an dochtúir ó dhuine go duine mar a d'fhéachadh san aimsir anallód nuair ba dhoscaoilte cairdeas an triúir. An dara lá déag, agus arís an ceathrú lá déag, dúnadh an doras i gcoinne an dlíodóra. "Bhí an dochtúir ag fanacht go docht sa teach," arsa Poole, "agus níorbh áil leis éinne a fheiceáil." An cúigiú lá déag rinne sé iarracht eile, agus eitíodh arís é; agus ó tharla é bheith cleachtach le dhá mhí anuas ar a chara a fheiceáil gach lá nach mór, fuair sé go raibh filleadh an uaignis ag brú ar a mheanma. An cúigiú hoíche thug sé cuireadh do Ghuest teacht chun dinnéir leis; agus an séú hoíche chuaigh sé féin go teach an Dochtúra Lanyon.

Ansiúd níor diúltaíodh é a ligean isteach ar aon chuma; ach ar theacht isteach dó, scanraíodh é leis an gclaochlú a bhí tar éis teacht ar bhail an dochtúra. Bhí a bharántas báis scríofa go soiléir ar a cheannaithe; bhí a chuid feola tar éis titim de; bhí sé níos maoile agus níos aosta le féachaint air; agus fós níorbh iad na comharthaí seo luathlobhadh an choirp a thug an dlíodóir faoi deara chomh mór le dreach sa tsúil agus cáilíocht sna geáitsí a bhí mar a bheadh fianaise ar dhomhainuamhan na hintinne. Níor dhóigh go mb'eagal leis an dochtúir an bás; agus ina dhiaidh sin b'shin é an t-amhras a bhí ar tí teacht ar Utterson. "Is ea," ar seisean leis féin, "ós dochtúir é ní foláir nó is eol dó an bhail atá air agus a ré a bheith caite; agus sin fios nach féidir leis a fhulaingt." Agus ina dhiaidh sin, nuair a thagair Utterson don drochbhail a bhí air, is é rud a dúirt Lanyon go diongbháilte gurbh fhear daortha é féin.

"Baineadh geit asam," ar seisean, "agus ní chuirfidh mé díom go bráth é. Níl agam ach seachtainí. Is ea, bhí an saol go suairc agam; thaitin sé liom a fhad a mhair. Uaireanta is é rud a shílim gur beag mairg a bheadh orainn téarnamh dá mbeadh fios an iomláin againn."

"Tá Jekyll breoite leis," arsa Utterson. "An bhfaca tú é?"

Ach tháinig athrú lí ar Lanyon, agus thóg sé lámh a bhí ar crith. "Ní háil liom a thuilleadh radharc ná tuairisc a fháil ar an Dochtúir Jekyll," ar seisean de ghuth ard corraiceach. "Táim réidh leis an duine úd; agus impím ort gan tagairt feasta do dhuine atá marbh mar liomsa de."

"D'eile! D'eile!" arsa Mr Utterson; agus ansin tar éis tost fada, "Nach féidir liomsa aon ní a dhéanamh sa chás?" ar seisean. "Seanchairde cruthanta is ea sinne triúr, a Lanyon; ní puinn seanchairde eile a bhfaighimid páirt leo inár ngearr-ré saoil feasta."

"Ní féidir aon ní a dhéanamh," a d'fhreagair Lanyon; "fiafraigh de féin."

"Ní labhróidh sé liom," arsa an dlíodóir.

"Ní hionadh liom sin," a freagraíodh.

"Lá éigin, a Utterson, tar éis mo bháis, b'fhéidir go bhfaighfeása teacht ar bhrí an scéil seo. Ní thig liomsa a insint duit. Agus idir an dá linn, más féidir leat suí agus trácht liomsa ar a athrach, ar son Dé fan agus déan é; ach murabh fhéidir leat an scéal mallaithe a sheachaint, imigh leat in ainm Dé, mar ní thig liomsa a sheasamh."

Ní túisce a shroich Utterson an baile ná mar a shuigh sé agus scríobh sé chun Jekyll, ag gearán mar gheall ar dhiúltú dó, agus á fhiafraí de cad ab fháth leis an deighilt le Lanyon; agus lá arna mhárach fuair sé freagra fada a bhí go minic go truabhriathrach, agus uaireanta go dorcha diamhair le tuiscint. Ní raibh leigheas ar an gclampar le Lanyon. "Ní thógaim ar ár seanchara é," a scríobh Jekyll, "ach táim ar aon aigne leis sa mhéid seo nár cheart dúinn casadh ar a chéile choíche arís. Is mian liom feasta mo shaol a chaitheamh faoi dhianfholach; ní cóir duit ionadh a dhéanamh, ná mo chairdeas a chur in amhras, má bhíonn mo dhoras dúnta go minic ortsa féin. Ní foláir dom dul ar mo bhealach dorcha féin. Tá buairt agus baol tarraingthe anuas agam orm féin—buairt agus baol nach féidir liom a insint. Más mé an príomhpheacach, is mé an príomhfhulangaí leis. Ní chreidfinn go bráth go mbeadh áit ar an talamh seo a bhainfeadh an gaisce as duine le crá agus uafás; agus ní féidir leatsa a dhéanamh ach an t-aon rud amháin chun an mí-ádh seo a laghdú, agus is é sin ligean dom bheith i mo thost." Bhí ionadh agus alltacht ar Utterson; sciobadh ar shiúl

drochanáil Hyde, bhí an dochtúir tar éis filleadh ar a shean-fheidhm agus ar a sheanchairdeas; seachtain roimhe sin bhí gach aon chosúlacht air go mairfeadh sé na céadta faoi shó agus faoi onóir; agus ar iompú na boise bhí deireadh le cairdeas agus le suaimhneas agus le cúrsa a shaoil ar fad. Déarfadh duine gur buile ba bhun le hathrú chomh mór sin gan choinne; ach tar éis iompar agus chomhrá Lanyon ní foláir nó bhí fáth éigin ba thábhachtaí ná sin leis.

Seachtain ina dhiaidh sin thug an Dr Lanyon an leaba air féin, agus faoi choicís bhí sé marbh. An oíche tar éis na sochraide, ócáid a ghoill go mór air, chuir Utterson an glas ar a sheomra gnó, agus ar shuí dó ansin faoi sholas aon choinnle cianaí amháin, tharraing sé amach agus leag ós a chomhair clúdach a seoladh le lámh a charad mhairbh agus an clúdach faoi shéala: "FAOI RÚN: do lámh G. J. Utterson AMHÁIN an litir seo, agus i gcás a bháis sin roimh ré, *í a dhó gan a léamh*." Mar sin a bhí scríofa ar a héadan go daingean, agus bhí eagla ar an dlíodóir a raibh inti a fheiceáil. "Tá cara curtha san úir agam inniu," ar seisean ina aige féin; "cad a dhéanfainn dá mbainfeadh sí seo cara eile díom?" Agus ansin chuir sé an eagla uaidh, mar ba dhóigh leis gur neamhfhiúntas a leithéid, agus bhris sé an séala. Istigh inti bhí clúdach eile agus é sin faoi shéala leis, agus scríbhinn air mar a leanas: "ná hosclaítear go dtí bás nó dul ar ceal an Dochtúra Jekyll." Níor fhéad Utterson radharc a shúl a chreidiúint. Is ea, na focail "dul ar ceal" a bhí ann; athuair, dála na huachta buile a chas sé fadó ar a húdar, ansiúd arís bhí tagairt do dhul ar ceal agus d'ainm Henry Jekyll in éineacht. Ach as drochintinn an duine úd Hyde a tháinig an smaoineamh sin san uacht; ba róshoiléir uafásach an aidhm lenar cuireadh síos ansin é. Cén bhrí ba cheart a bheith leis agus é scríofa le lámh Lanyon? Tháinig ainfhiosracht ar an tairiseach an bac a chur i leataobh agus dul láithreach bonn go fréamh na rún-diamhaire seo; ach ba dhualgais dhaingne iad onóir a cheirde agus a ghealltanas dá chara marbh; agus luigh an paicéad go socair sa chúinne ab fhaide istigh dá thaisceadán príobháideach.

Rud faoi leith is ea fiosracht a bhrú fút, ach rud eile ar fad í a chloí; agus is ar éigean ón lá sin amach má chuir Utterson an dúthracht chéanna i gcaidreamh an charad a bhí fágtha aige. Bhí

cuimhne chineálta aige air; ach bhíodh a chuid smaointe go buartha faiteach. Chuaigh sé chun cuairteanna a thabhairt air, gan amhras; ach b'fhéidir gurbh fhaoiseamh dó é nár ligeadh isteach é; b'fhéidir, ina chroí istigh, gurbh fhearr leis labhairt le Poole ar an tairseach, faoi aer agus faoi fhothram na cathrach, ná a ligean isteach sa teach úd na daoirse deonaí, agus é bheith air suí agus caint leis an díthreabhach dothuigthe a bhí ann. Go deimhin, ní haon chaoinscéal a bhí ag Poole le hinsint. De réir cosúlachta d'fhanadh an dochtúir níos mó ná riamh san oifig os cionn na saotharlainne, áit a gcodlaíodh sé uaireanta; bhí sé go gruama, bhíodh an-tost air, ní dhéanadh sé léitheoireacht; ba dhóigh le duine go raibh rud éigin ar a aigne aige. D'éirigh Utterson chomh cleachtach sin ar an seantuarascáil chéanna ó lá go lá gur mhaolaigh ar a chuid cuairteanna diaidh ar ndiaidh.

Caibidil VII

Eachtra ag an bhFuinneog

Tharla Dé Domhnaigh áirithe, agus Mr Utterson is Mr Enfield ar a ngnáthspaisteoireacht, gur threoraigh a slí an athuair tríd an gcúlsráid iad; agus nuair a tháinig siad ar aghaidh an dorais amach, stad an bheirt acu le féachaint air.

"Is ea," arsa Enfield, "tá deireadh leis an scéal sin, ar chuma ar bith. Ní bhfaighimid radharc ar Mhr Hyde a thuilleadh go brách."

"Tá súil agam nach bhfaighimid," arsa Utterson. "An ndúirt mé riamh leat go bhfaca mé aon uair amháin é, agus, do dhála féin, gurbh fhuath liom é?"

"Níorbh fhéidir é a fheiceáil ina éagmais sin," a d'fhreagair Enfield. "Agus, dála an scéil, nár mhór an t-amadán agatsa mé nach raibh a fhios agam gur cúlbhealach é seo go teach an Dochtúra Jekyll! Tusa faoi deara dom sin a fháil amach an uair sin féin."

"Fuair tú amach é mar sin?" arsa Utterson. "Ach más mar sin atá an scéal, tá sé chomh maith againn siúl isteach sa chúirt agus breathnú ar na fuinneoga. Leis an bhfírinne a rá, tá imní orm i dtaobh Jekyll; agus is dóigh liom go bhfónfadh cuideachta carad dó, dá mba amuigh féin don chara."

Bhí an chúirt an-fhuar agus í beagán tais, agus bhí sí lán de chlapsholas roimh am, cé go raibh an spéir go hard os a gcionn geal fós le fuineadh na gréine. Bhí an fhuinneog láir ar leath-oscailt; agus ina shuí taobh léi, agus é ag fáil an aeir faoi mhór-dhuairceas méine ar nós príosúnach gan sólás, chonaic Utterson an Dr Jekyll.

"Haló! A Jekyll!" ar seisean ag glaoch air. "Tá súil agam go bhfuil biseach ort."

"Táim go han-lag, a Utterson," a d'fhreagair an dochtúir go hatuirseach, "go han-lag ar fad. Ní fada a sheasfaidh sé, buíochas le Dia."

"Caitheann tú an iomarca aimsire istigh," arsa an dlíodóir. "Ba cheart duit bheith amuigh ag goradh na fola mar a bhímse agus Mr Enfield. (Seo é mo chol ceathrair—Mr Enfield—an Dr Jekyll.) Téana ort; faigh do hata agus tar amach ar phraschuaird linne."

"Is rímhaith uait sin," arsa an dochtúir. "Ba rímhaith liom é; ach ní fhéadfainn in aon chor é, ní fhéadfainn, ní fhéadfainn, ní fhéadfainn; ní leomhfainn é. Ach, go deimhin, a Utterson, tá an-áthas orm thú a fheiceáil; is mór an pléisiúr é seo dáiríre. D'iarrfainn ortsa agus ar Mhr Enfield teacht aníos, ach níl an áit cuí chuige."

"Is dóigh mhuise," arsa an dlíodóir go lách, "is é is fearr dúinn a dhéanamh ná fanacht anseo thíos ag labhairt leat mar a bhfuilimid."

"Sin é díreach a bhí mise ar tí a mholadh," arsa an dochtúir le leamhóg gháire. Ach is ar éigean a bhí an focal as a bhéal sular baineadh an gáire dá ghnúis, agus tháinig air ina ionad féachaint chomh lán sin d'uafás agus d'éadóchas aimléiseach gur bheag nach ndearnadh oighear dá gcuid fola i gcuislí na beirte thíos. Ní bhfuair siad ach sracfhéachaint air, mar gur dúnadh an fhuinneog ar an bpointe; ach ba leor dóibh an spléachadh sin, agus d'iompaigh siad ar a sála agus d'fhág siad an chúirt gan focal a rá. Bhí tocht orthu, leis, agus iad ag dul trasna na cúlsráide; agus is nuair a shroich siad sráid sa chomharsanacht, áit a raibh corraí beag éigin ar an Domhnach féin, gur iompaigh Mr Utterson faoi dheireadh agus gur fhéach ar a chompánach. Bhí siad beirt mílítheach; agus bhí scanradh frithchaite ina súile.

"Go maithe Dia dúinn! Go maithe sin!" arsa Mr Utterson.

Ach ní dhearna Mr Enfield ach a cheann a bhagairt go hansollúnta agus siúl roimhe arís ina thost.

CAIBIDIL VIII

AN OÍCHE DHEIREANACH

Tráthnóna dá raibh Mr Utterson ina shuí cois na tine tar éis a dhinnéir, cé a bhuailfeadh isteach chuige ach Poole.

"Coisreacan Dé orainn, a Phoole, ach cad a thug anseo thú?" ar seisean, agus ansin den dara hamharc air. "Cad atá ort?" ar seisean. "An breoite atá an dochtúir?"

"A Mhr Utterson," arsa an fear, "tá rud éigin cearr."

"Buail fút, agus seo gloine fíona duit," arsa an dlíodóir. "Fan ort, a dhuine, agus inis dom go soiléir cad ab áil leat."

"Is eol duitse béasa an dochtúra, a dhuine uasail," arsa Poole, "agus conas mar a dhúnann sé an seomra air féin. Is ea, más ea, tá sé dúnta leis féin arís san oifig; rud nach maith liom, a dhuine uasail; im briathar móide nach maith. A Mhr Utterson, a dhuine uasail, tá eagla orm."

"Féach, a dhuine chóir," arsa an dlíodóir, "labhair go cruinn. Cad faoi deara an eagla?"

"Tá eagla orm le seachtain anuas," arsa Poole, go ceanndána, ag scaoileadh na ceiste thairis; "ní thig liom cur suas leis a thuilleadh."

Ba léir ar an duine fírinne a chuid focal; bhí a iompar tar éis dul i ndonas; agus cé is moite den chéad mhóimint nuair a d'fhógair sé an eagla a bhí air, níor fhéach sé idir an dá shúil ar an dlíodóir aon uair. Um an dtaca sin féin, d'fhan sé ina shuí agus a ghloine fíona gan bhlaiseadh ar a leathghlúin aige, agus a dhá shúil dírithe ar chúinne den urlár. "Ní thig liom cur suas leis a thuilleadh," ar seisean athuair.

"Seo," arsa an dlíodóir, "feicim go bhfuil cúis mhaith éigin agat, a Phoole; feicim go bhfuil rud éigin ar cearr go mór. Déan iarracht ar a insint dom cad é."

"Is baol liom go bhfuil drochobair déanta," arsa Poole agus píochán ina ghlór.

"Drochobair!" arsa an dlíodóir, agus an-eagla air, agus é beagán crosta dá dhroim sin. "Cén drochobair? Cad a mheasann tú a rá, a dhuine?"

"Ní leomhfainn a rá, a dhuine uasail," a freagraíodh; "ach an dtiocfá in éineacht liom agus an scéal a mheas duit féin?"

Is é an freagra a thug Mr Utterson uaidh éirí ina shuí agus a hata agus a chóta mór a aimsiú; ach bhí ionadh air nuair a thug sé faoi deara méid an fhaoisimh a foilsíodh ar aghaidh an bhuitléara, agus níor lú a ionadh an fíon a bheith fós gan bhlaiseadh nuair a leag an buitléir uaidh é chun é féin a leanúint.

Oíche gharbh fhuar shéasúrach Mhárta a bhí ann, agus gealach bhán ina luí ar a droim mar is dá mbainfeadh an ghaoth fiaradh aisti, agus néalta tanaí ar nós mínéadaigh á seoladh trasna na spéire. Ba dheacair caint a dhéanamh lena dhéine a bhí an ghaoth a lascfadh an fhuil go grua ar dhuine. Shamhlófaí, leis, gurbh amhlaidh a scuab sí na taistealaithe de na sráideanna, á lomadh thar mar ba ghnách; mar cheap Mr Utterson nach bhfaca sé an ceantar sin de Londain riamh chomh tréigthe sin. Ba mhaith leis é a bheith ar a mhalairt de chuma; i gcaitheamh a shaoil níor mhothaigh sé riamh mian chomh géar do chaidreamh a chomh-dhaoine; mar, in ainneoin a dhíchill, buaileadh isteach ar a aigne go raibh tubaiste éigin le teacht. Nuair a shroich siad an chearnóg, bhí sí lán de ghaoth agus de dheannach, agus bhí na crainn chaola sa ghairdín á radadh féin in aghaidh na páile. Ghluais Poole an bealach ar fad agus é coiscéim nó dhó chun tosaigh, ach ansin stad sé suas i lár an chabhsa, agus in ainneoin na garbhshíne bhain sé de a hata agus chuimil ciarsúr dearg dá éadan. Ach má ba dhithneasach a theacht, níorbh é allas an tsaothair a ghlan sé uaidh, ach fliche pianpháise éigin a bhí á thachtadh; mar bhí lí bhán ar a aghaidh, agus bhí a ghuth go garg briste nuair a labhair sé.

"Is ea, a dhuine uasail," ar seisean, "anseo atáimid, agus go dtuga Dia nach mbeidh aon ní cearr."

"Áiméan, a Phoole," arsa an dlíodóir.

Leis sin chnag an searbhónta go han-aireach; leathosclaíodh an doras; agus fiafraíodh ón taobh eile istigh, "An tú sin, a Phoole?"

"Mise atá ann," arsa Poole. "Oscail an doras."

Bhí an halla, ar dhul isteach dóibh, faoi sholas geal; bhí tine mhór ann; agus mórthimpeall an teallaigh bhí na searbhóntaí go léir cruinnithe, idir fhir agus mhná, agus iad dlúite le chéile mar a bheadh tréad caorach. Ar fheiceáil Mhr Utterson don chailín aimsire, chrom sí ar ghol go faíoch; agus scread an cócaire amach, "Buíochas le Dia! Is é Mr Utterson atá ann," agus rith sí chuige mar dhóigh de go gcuirfeadh sí a dhá lámh timpeall air.

"Faire go deo! An bhfuil sibh uile go léir anseo?" arsa an dlíodóir go crosta. "An-mhírialta, an-mhíchuí mar iompar; chuirfeadh a leithéid an-mhíshástacht ar bhur máistir."

"Tá eagla orthu go léir," arsa Poole.

Tháinig tost ar gach éinne; ach amháin an cailín aimsire a chrom ar bhéiceadh agus ar ghol go hard.

"Bí i do thost!" arsa Poole léi, agus blas chomh fíochmhar sin ar a ghuth gur thaispeáin sin a chritheaglaí agus a bhí sé féin; agus go deimhin nuair a chas an cailín an t-olagón chomh tobann sin baineadh geit astu go léir agus d'iompaigh siad i dtreo an dorais istigh agus dealramh an uafáis orthu. "Sín chugam coinneal," arsa an buitléir le buachaill na sceana, "agus cuirfimid an rud seo chun cinn gan mhoill." Agus ansin chuir sé mar achainí ar Mhr Utterson é a leanúint, agus thug aghaidh ar an ngairdín cúil.

"Is ea, a dhuine uasail," ar seisean, "gluais-se chomh ciúin agus a fhéadfaidh tú é. Ba mhaith liom tusa a bheith ag éisteacht agus nach gcloisfí thú. Agus féach anseo, a dhuine uasail, i gcás go n-iarrfaí ort dul isteach, ná téigh ann!"

Ní raibh coinne ag Mr Utterson leis na focail deiridh sin, agus is beag nár bhain siad dá threoir é; ach bhailigh sé chuige a chuid misnigh an athuair, agus lean sé an buitléir isteach i bhfoirgneamh na saotharlainne agus tríd an seomra diosctha a bhí faoina chosair easair de bhoscaí agus de bhuidéil, nó gur shroich sé bun an staighre. Ansiúd bhagair Poole air seasamh i leataobh agus

éisteacht; leag sé féin an choinneal uaidh, agus le móriarracht mhisnigh ba léir dá chompánach chuaigh sé suas an staighre agus le lámh a bhí beagán corrach bhuail cnag ar bhréid dhearg dhoras na hoifige.

"Mr Utterson, a dhuine uasail, atá ag iarraidh thú a fheiceáil," ar seisean os ard; agus leis sin bhagair sé go fuinniúil ar an dlíodóir cluas a chur air féin. Tháinig glór truamhéalach ón taobh istigh á fhreagairt: "Abair leis nach féidir liom éinne a fheiceáil."

"Go raibh maith agat, a dhuine uasail," arsa Poole agus mar a bheadh roinnt bua aige ina ghuth; agus ag tógáil a choinnle dó, threoirigh sé Mr Utterson ar ais trasna an chlóis agus isteach sa chistin mhór, mar a raibh an tine in éag agus na daoil ag snámh ar an urlár.

"Arbh shin é glór mo mháistir, a dhuine uasail?" ar seisean, agus é ag féachaint ar Mhr Utterson idir an dá shúil.

"Samhlaítear dom é a bheith athraithe go mór," arsa an dlíodóir, a bhí go han-bhán, cé gur fhéach sé isteach idir an dá shúil ar an duine eile.

"Athraithe? Is ea, is dóigh liom go bhfuil sin," arsa an buitléir. "Tar éis mé a bheith le fiche bliain i dteach an fhir seo, an bhféadfaí mise a mhealladh maidir lena ghlór? Ní mar sin atá, a dhuine uasail; d'éis bháis atá mo mháistir; cuireadh deireadh leis ocht lá ó shin, nuair a chualamar ag glaoch ar ainm Dé é; agus cé atá ansin istigh ina ionad, agus cén fáth go bhfanann ann, sin rud a ghlaonn ar na flaithis ar son díoltais, a Mhr Utterson!"

"Scéal an-aisteach is ea é seo, a Phoole; scéal atá roinnt raiméiseach, a dhuine," arsa Mr Utterson, agus a mhéar faoina fhiacail aige. "Cuir i gcás gur mar a shíleann tú atá, cuir i gcás go mbeifí d'éis an Dr Jekyll a—a dhúnmharú, abair—cad a chuir-feadh ar an murdaróir fanacht ansiúd? Ní ghabhann an scéal le ciall; ní thagann sé le réasún."

"Is ea, a Mhr Utterson, is duine thú gur deacair é a shásamh, ach sásóidh mé go fóill thú," arsa Poole. "I gcaitheamh na seacht-aine seo a ghabh tharainn (bíodh a fhios agat), bhí seisean, nó pé ar bith duine nó pé ní atá ann, ag glaoch de lá is d'oíche ar shórt éigin leighis nach féidir leis a fháil ar a thoil. Ba bhéas leis uaireanta—is é sin le rá béas le mo mháistir—a chuid orduithe a

scríobh ar ghiota páipéir agus é a leagan ar an staighre. Le seachtain anuas ní bhfuaireamar a mhalairt; tada ach páipéir agus doras dúnta, agus na béilí féin fágtha ansiúd le sciobadh isteach os íseal nuair nach mbeadh éinne i láthair. Is ea, a dhuine uasail, gach aon lá, is ea dhá uair nó trí huaire sa lá céanna, bhíodh orduithe agus gearáin ann, agus cuireadh mise ar mo lánrith chuig gach uile phoitigéir mórdhíola sa bhaile mór. Gach uair dá dtugainn an stuif ar ais, bheadh páipéar eile ann á rá liom é a chur go dtí an siopa arís, toisc gan é a bheith fíorghlan, agus ordú eile do theach eile. Tá an druga seo ag teastáil go dona, a dhuine uasail, pé gnó atá de."

"An bhfuil aon cheann de na páipéir sin agat?" arsa Mr Utterson.

Chuardaigh Poole ina phóca agus shín chuige nóta a bhí craptha casta, agus d'iniúch an dlíodóir go géar é faoi sholas na coinnle. Seo mar a bhí scríofa ann: "Beireann an Dr Jekyll a oibleagáid do mhuintir Maw. An sampla deireanach a chuir siad chuige, dearbhaíonn sé dóibh go bhfuil sé eisíon agus nach bhfónann sé don chuspóir atá idir lámha aige. Sa bhliain 18—cheannaigh an Dr J. cuid mhór den earra ó mhuintir M. Impíonn sé orthu anois a seanchuardach a dhéanamh, agus má tá fuílleach den cháilíocht chéanna le fáil, é a chur chuige láithreach bonn. Is cuma i dtaobh an chostais. Ní féidir a thábhacht seo don Dr J. a áibhliú." Go dtí sin bhí an litir stuama go leor; ach anseo, le plobarnach tobann den pheann, sceith múisiam an scríbhneora air. "Ar son Dé," a chuir sé mar aguisín, "ar son Dé agus faigh dom roinnt den seanstuif."

"Is aisteach an nóta é seo," arsa Mr Utterson; agus ansin, go géar, "Conas a tharla é a bheith oscailte agat?"

"Bhí an-fhearg ar an bhfear i dteach Maw, a dhuine uasail, agus chaith sé ar ais chugam é mar is dá mba shalachar a bheadh ann," arsa Poole.

"Seo é lámh an dochtúra gan amhras, tá a fhios agat?" arsa an dlíodóir.

"Shíl mé gur chosúil lena scríbhneoireacht é," arsa an searbhónta agus é roinnt doicheallach; agus ansin, le hathrach

gutha, "Ach nach cuma scríbhneoireacht láimhe?" ar seisean. "Chonaic mé an té a scríobh."

"Chonaic tú é?" arsa Mr Utterson ag aithris air. "Cad eile de?"

"Is ea, chonaic mé é," arsa Poole. "Is mar seo a tharla. Tháinig mé go tobann isteach sa tsaotharlann as an ngairdín. Is dócha gurb amhlaidh a shleamhnaigh sé siúd amach ar thóir an druga seo, pé ar bith atá ann; mar bhí doras na hoifige ar leathadh, agus b'shiúd é ag an gceann ab fhaide siar den seomra, agus é ag rómhar i measc na mboscaí. D'fhéach sé suas nuair a tháinig mé isteach, lig sórt liú as, agus as go brách leis suas an staighre agus isteach san oifig. Ní fhaca mé é ach aon nóiméad amháin, ach d'éirigh mo chuid gruaige ina colgsheasamh mar a bheadh cleití. Má ba é siúd mo mháistir, a dhuine uasail, cad chuige dó aghaidh fidil a bheith ar a ghnúis? Má ba é mo mháistir a bhí ann cad faoi deara dó béiceadh ar nós francaigh agus rith uaim? D'fhóin mé dó le fada an lá. Agus ansin…" stad an fear agus tharraing a lámh trasna a cheannaithe.

"Is an-aistcach na rudaí iad seo a bhaineann leis an scéal," arsa Mr Utterson, "ach sílim go bhfuil sé ag dul i soiléireacht dom. Is follas, a Phoole, go bhfuil ar do mháistir ceann de na galair úd a chiapann agus a dhíchumann an t-othar san am céanna: de sin, an méid is fios domsa, an t-athrú atá ina ghlór; de sin an aghaidh fidil agus seachaint a chairde; de sin a mhiangasaí is atá sé chun teacht ar an druga seo gur dóigh leis an gcréatúr bocht biseach a fháil faoi dheireadh—nár lige Dia go meallfar é! Sin é mo mhíniúsa ar an scéal; tá sé sách dubhach, a Phoole, is ea, tá sé uafásach le machnamh air; ach tá sé soiléir nádúrtha, tá dealramh leis, agus saorann sé ó gach aon eagla ainscianta sinn."

"A dhuine uasail," arsa an buitléir, agus lí bhreacbhán ag teacht air, "níorbh é an rud úd mo mháistirse, agus sin í an fhírinne. Fear breá mór is ea mo mháistir"—ansin d'fhéach sé ina thimpeall agus chrom ar chogarnach—"ní raibh sa rud seo ach mar a bheadh abhac." Rinne Utterson iarracht ar chur ina choinne. "Ó, a dhuine uasail," arsa Poole, "an amhlaidh a mheasann tú nach n-aithním mo mháistir tar éis mé a bheith fiche bliain aige? An measann tú nach fios domsa an airde a shroicheann a cheann i ndoras na hoifige, áit a bhfaca mé gach maidin é ar feadh mo

shaoil. Ní hea, a dhuine uasail, an rud úd a raibh an aghaidh fidil air, níorbh é an Dr Jekyll é; agus is é mo bharúil daingean go ndearnadh murdar ann."

"Má deir tú sin, a Phoole," arsa an dlíodóir, "beidh sé de dhualgas ormsa é a dheimhniú. Dá mhéad mo mhian gan goilleadh ar do mháistir, dá mhéad a chuireann an nóta seo mearbhall orm, mar shamhlófaí air go bhfuil sé fós ina bheatha, measfaidh mé gurb é mo dhualgas an doras sin a réabadh."

"Á, a Mhr Utterson, sin caint!" arsa an buitléir.

"Agus an dara ceist," arsa Utterson, "cé a dhéanfaidh é?"

"Mise agus tusa, dar ndóigh," a freagraíodh go dána.

"Is rímhaith mar a dúradh," arsa an dlíodóir; "agus cibé rud a thiocfaidh as, mise i mbannaí nach mbeidh thiar ortsa."

"Tá tua sa tsaotharlann," arsa Poole; "agus d'fhéadfása priocaire na cistine a thabhairt leat duit féin."

Thóg an dlíodóir an uirlis gharbh throm úd ina lámh agus bheartaigh í. "An bhfuil a fhios agat, a Phoole," ar seisean, ag féachaint suas, "go bhfuil mise agus tusa ar tí sinn féin a chur i mbaol nach beag?"

"Abair é, a dhuine uasail, go deimhin," arsa an buitléir.

"Tá sé chomh maith againn, mar sin, labhairt go cneasta," arsa an duine eile. "Tá níos mó inár smaointe ná mar atá ráite againn; admhaímis an t-iomlán go macánta. An fhoirm úd a chonaic tú agus aghaidh fidil uirthi, ar aithin tú í?"

"Is dóigh, a dhuine uasail, d'imigh an rud chomh tapa sin, agus bhí an créatúr chomh cromtha sin, gur ar éigean a thabharfainn an leabhar ar an méid sin," a freagraíodh. "Ach más é a mheasann tú a rá gurbh é Mr Hyde a bhí ann—dar ndóigh is é mo bharúil gurbh é! Den toirt chéanna beagnach a bhí sé; agus an aclaíocht chéanna a bhí ag gabháil leis; agus ansin cé eile a d'fhéadfadh dul isteach ar dhoras na saotharlainne? Níl dearmadta agat, a dhuine uasail, go raibh an eochair fós ina sheilbh le linn an mhurdair? Ach ní hé sin an scéal san iomlán. Ní fheadar, a Mhr Utterson, ar casadh riamh leat an Mr Hyde seo?"

"Casadh," arsa an dlíodóir, "labhair mé leis aon uair amháin."

"Más mar sin atá, caithfidh fios a bheith agatsa chomh maith le cách go raibh rud éigin greannmhar ag baint leis an duine uasal

úd—rud éigin a chuireadh déistin ar dhuine—ní fheadar conas a déarfainn i gceart é, a dhuine uasail, ach amháin an méid seo; go mothófá istigh i smior do smeara é—mar a bheadh rud fuar tanaí."

"Admhaím gur mhothaigh mé rud éigin den sórt sin a deir tú," arsa Mr Utterson.

"Díreach, a dhuine uasail," arsa Poole. "Is ea, nuair a léim an rud masctha úd amach ar nós moncaí as lár na gceimiceán agus isteach san oifig, ghluais an mothú sin síos cnámh mo dhroma mar a bheadh oighear. Ó, tá fhios agam nach fianaise é sin, a Mhr Utterson; tá an méid sin léinn agam; ach bíonn a mhothú ag duine; agus tugaim mo mhóid ar an mBíobla duit gurbh é Mr Hyde a bhí ann!"

"Is ea, is ea," arsa an dlíodóir. "Is eagal liom féin an rud ceann-ann céanna. Olc ba bhun leis an gcónasc úd—níorbh fhéidir gan olc a theacht as. Is ea, go deimhin, creidim thú; creidim gurb amhlaidh a cuireadh Harry bocht chun báis; agus creidim go bhfuil an murdaróir (tá a fhios ag Dia cad chuige) fós faoi cheilt i seomra an duine a mharaigh sé. Is ea, más ea, déanaimis é a agairt. Glaoigh ar Bhradshaw," arsa an dlíodóir

Tháinig an bonnaire don ghlao, agus é an-bhán, critheaglach.

"Múscail do mhisneach, a Bhradshaw," arsa an dlíodóir. "Tá an t-amhras seo ag goilliúint oraibh go léir, tá fhios agam; ach tá ceaptha againn feasta deireadh a chur leis. Tá Poole, anseo, agus mise ag dul isteach san oifig go foréigneach. Más gnó gan gá é, tá mo dhá ghualainn sách leathan chun an milleán a iompar. Idir an dá linn, ar eagla aon ní a bheith as an tslí, nó coirpeach ar bith a bheith ag iarraidh éalú ar an taobh thiar, caithfidh tusa agus an buachaill dul timpeall na cúinne agus péire maith bataí agaibh, agus seasamh ag doras na saotharlainne. Tabharfaimid deich nóiméad daoibh chun bheith ar bhur bpost."

Ag imeacht do Bhradshaw, d'fhéach an dlíodóir ar a uaireadóir. "Agus anois, a Phoole," ar seisean, "téanam orainn chun ár bpost féin," agus ag cur an phriocaire faoina ascaill, chuaigh ar aghaidh isteach sa chlós. Bhí na néalta briste tar éis cruinniú ar aghaidh na gealaí, agus bhí lándorchadas ann. An ghaoth, a bhí ag séideadh ina putha agus ina guairneáin isteach i logán an chlóis, bhí sí ag

caitheamh sholas na coinnle anonn is anall ar a mbealach, go dtí gur shroich siad foscadh na saotharlainne, mar ar shuigh siad síos go ciúin chun feithimh. Bhí Londain ag dordán go sollúnta mórthimpeall; ach níos foisce dóibh ní bhristí an ciúnas ach le torann coiscéime a bhí ag gluaiseacht anonn is anall ar urlár na hoifige.

"Is mar sin a shiúlfaidh an rud sin i gcaitheamh an lae, a dhuine uasail," arsa Poole i gcogar; "is ea, agus formhór na hoíche leis. Ní bhíonn sos ann ach amháin nuair a thagann sampla nua ón bpoitigéir. Á, is droch-choinsias a throideann chomh dian sin in aghaidh an chiúnais! Á, a dhuine uasail, i ngach aon choiscéim de sin tá fuil á doirteadh go fealltach. Ach éist arís, beagán níos foisce—cuir do chroí i do chluas, a Mhr Utterson, agus inis dom, an é sin cos an dochtúra?"

Thiteadh na coiscéimeanna go héadrom agus go haisteach, bhídís roinnt luascánach, in ainneoin a mhoille a bhídís; bhí an-difríocht idir iad agus coisíocht throm dhíoscánach Henry Jekyll. Lig Utterson osna as. "Nach mbíonn ann ach sin?" a d'fhiafraigh sé.

Bhagair Poole a cheann. "Aon uair amháin," ar seisean. "Aon uair amháin chuala mé ag gol é!"

"Ag gol? Conas sin?" arsa an dlíodóir, agus fuarú tobann an uafáis air.

"Ag gol ar nós mná nó peacach damanta," arsa an buitléir. "Tháinig mé ar ais le mothú i mo chroí go bhféadfainnse gol chomh maith céanna."

Ach um an dtaca seo bhí na deich nóiméad ag teacht chun cinn. Nocht Poole an tua ón áit a raibh sí faoi chruach tuí pacála; cuireadh an choinneal ar an mbord ab fhoisce dóibh chun solas a thabhairt dóibh san eirleach; dhruid siad go himníoch i ngaire an dorais gur shroich siad an áit a raibh an chos fhoighneach úd fós ag gabháil suas agus anuas, suas agus anuas i gciúnas na hoíche.

"A Jekyll," arsa Utterson de ghuth ard, "caithfidh mé thú a fheiceáil." D'fhan sé nóiméad ina thost, ach ní bhfuair sé aon fhreagra. "Tugaim rabhadh i dtráth duit; tá amhras orainn, agus caithfidh mé thú a fheiceáil agus gan aon siar ná aniar ann," ar

seisean arís; "ar ais nó ar éigean—mura de do dheoin féin é, d'fhoréigean!"

"A Utterson," arsa an guth, "ar son Dé déan trócaire orm!"

"Á, ní hé sin guth Jekyll—is é guth Hyde é!" arsa Utterson. "Anuas leis an doras, a Phoole!"

Chas Poole an tua thar a ghualainn; chroith an buille an foirgneamh, agus léim an doras bréid-dhearg in aghaidh an ghlais agus na n-insí. D'éirigh liú duairc, mar a bheadh ó ainmhí scanraithe, as an oifig. Suas leis an tua, athuair, agus baineadh macalla eile as na painéil, agus phreab an fráma; ceithre huaire a thit an buille; ach bhí an t-adhmad righin, agus gach ar bhain le gléas an dorais bhí sé ar fheabhas déantúis; agus theastaigh an cúigiú buille nó gur bhris an glas ó chéile agus gur thit creatlach an dorais isteach ar an gcairpéad.

Scanraíodh an lucht ionsaithe trína dtorann féin agus tríd an gciúnas a tháinig ina dhiaidh; agus d'fhan siad ar gcúl tamaillín ag glinniúint isteach. Ansiúd bhí an oifig os comhair a súl faoi sholas ciúin an lampa, bhí tine mhaith ar lasadh go gliograch ar an tinteán, an túlán agus é ag seinm a chaolphoirt, tarraiceán nó dhó ar leathadh, páipéir leagtha go néata ar an mbord gnó, agus níos foisce ná sin don tine bhí gach aon ní ullamh i gcomhair an tae; an seomra ba chiúine i Londain, a déarfá, agus murach na cófraí gloine a bhí lán de cheimiceáin, an seomra ba shíorghnách sa chathair an oíche sin.

Ina luí ansiúd i gceartlár an tseomra bhí corpán agus é lúbtha go cráite agus freangaí fós ann. Rinne siad air ar na barraicíní agus d'iompaigh siad ar a dhroim é, go bhfaca siad gnúis Edward Hyde. Bhí uime culaith éadaigh a bhí i bhfad rómhór dó, toise an dochtúra a bhí sa chulaith; bhí féitheacha a ghnúise ag bogadh mar is dá mbeadh an dé fós ann, ach bhí an t-anam imithe glan as, agus ar an bhfial brúite a bhí i lámh an mhairbh agus ar an mboladh láidir almóinní a bhí ar an aer, bhí a fhios ag Utterson go raibh sé ag féachaint ar chorp duine a bhí tar éis é féin a mharú.

"Táimid ródhéanach," ar seisean go dúr, "chun saoradh ná daoradh. Tá Hyde tar éis dul os comhair an Bhreithimh; níl againn le déanamh ach corp do mháistir a aimsiú."

Bhí formhór an fhoirgnimh, urlár na talún beagnach ar fad, tógtha suas leis an seomra diosctha, agus bhí solas isteach ann ón taobh thuas agus ón oifig a bhí ina hurlár uachtarach ag ceann de agus a raibh radharc uaithi amach ar an gcúirt. Bhí pasáiste ón seomra diosctha go doras a bhí ar an gcúlsráid; agus bhí staighre eile ón oifig go dtí an pasáiste. Fairis sin bhí ann roinnt clóiséad dorcha agus siléar fairsing. D'iniúch siad go géar iad sin ar fad. Ba leor aon dearcadh amháin ar gach clóiséad, mar bhí siad go léir folamh, agus b'fhollas ón luaithreach a thit óna ndoirse gur fada nár osclaíodh iad. Is fíor go raibh an siléar lán de chruinneas aisteach, ó aimsir an mháinlia a bhí ann roimh Jekyll an chuid ba mhó de; ach bhí a fhios acu gur fánach cuardach ansiúd, mar ar oscailt an dorais dóibh thit mata cruthanta de théada damháin alla a bhí mar shéala air leis na blianta. Ní raibh tásc ná tuairisc ar Henry Jekyll in aon áit, beo ná marbh.

Shatail Poole ar leaca an phasáiste. "Ní foláir nó tá sé faoi úir anseo," ar seisean, agus é ag éisteacht leis an torann.

"Nó b'fhéidir gurb amhlaidh a theith sé," arsa Utterson, agus thiontaigh sé chun an doras a bhí leis an gcúlsráid a scrúdú. Bhí glas ar an doras; agus ina luí ina aice ar na leaca fuair siad an eochair agus rian na meirge uirthi cheana féin.

"Níl cuma na húsáide uirthi seo," arsa an dlíodóir.

"Úsáid, an ea!" arsa Poole. "Nach bhfeiceann tú, a dhuine uasail, go bhfuil sí briste? Mar is dá satlaíodh uirthi."

"Tá," arsa Utterson, "agus meirg ar an mbriseadh, leis." D'fhéach an bheirt ar a chéile faoi scanradh. "Tá an scéal seo ag dul sa mhuileann ormsa, a Phoole," arsa an dlíodóir. "Téanam ar ais go dtí an oifig."

Chuaigh siad suas an staighre agus tost orthu, agus gach re sracfhéachaint á tabhairt acu ar an gcorpán, gur chrom siad ar mhionscrúdú a dhéanamh ar a raibh san oifig. Ar bhord ann bhí rian oibre ceimicí, bhí carnáin éagsúla de shalann bán éigin arna dtomhas amach ar fhochupáin ghloine, mar is dá mba triail éigin a bheadh ar siúl ag an bhfear bocht ach gur cuireadh isteach air.

"Seo é an druga céanna a bhínn a thabhairt chuige i gcónaí," arsa Poole; agus a fhad a bhí sé ag rá na bhfocal d'fhorbheirigh an túlán le torann a bhain geit astu.

Thug sin iad go dtí an tinteán, mar a raibh an chathaoir shócúil tarraingthe aníos go seascair, agus na taeghréithe ullamh le huillinn an té a bheadh ina shuí inti, bhí an siúcra féin sa chupán. Bhí mórán leabhar ar sheilf ann; bhí ceann acu siúd cois na dtaeghréithe agus é ar oscailt, agus bhí ionadh ar Utterson a fheiceáil gur cóip de leabhar diaga a bhí ann, leabhar a dúirt Jekyll go minic go raibh an-mheas aige air, agus bhí ann nótaí ina lámh féin agus iad lán de dhiamhasla a bhainfeadh geit as duine.

Ag cuardach an tseomra dóibh, tháinig siad ar an scáthán seasaimh, agus d'fhéach siad isteach ann le huafás dá n-ainneoin. Ach bhí sé tiontaithe ar nós nár thaispeáin sé dóibh ach an ghríosach dhearg ag soilsiú ar an tsíleáil, an tine ag spréacharnach na gcéadta uair ar thosach gloinithe na gcófraí, agus an mhílí agus an eagla a bhí ar a ngnúis féin agus iad ag dearcadh isteach ann.

"Chonaic an scáthán seo rudaí aisteacha, a dhuine uasail," arsa Poole i gcogar.

"Agus bí cinnte nach bhfaca sé rud ar bith ní ab aistí ná é féin a bheith anseo," arsa an dlíodóir ar an modh céanna. "Mar cad ab áil le Jekyll"—chuir sé cosc air féin, de gheit, ag an bhfocal, agus ansin ag sárú na laige—"cad ab áil le Jekyll de?" ar seisean.

"Abair é sin!" arsa Poole.

Ansin thiontaigh siad chun an bhoird ghnó. Ar an deasc bhí carn néata páipéar; bhí clúdach mór ina mullach, agus bhí ainm Mhr Utterson air agus é scríofa i lámh an dochtúra. Bhain an dlíodóir an séala de, agus thit go leor iatán amach as. An chéad cheann acu uacht a tarraingíodh sna téarmaí áiféiseacha céanna a bhí sa cheann a chuir sé ar ais sé mhí roimhe sin, le bheith mar thiomna i gcás báis agus mar ghníomhas bronntanais i gcás dul ar ceal; ach in ionad ainm Edward Hyde, léigh an dlíodóir, agus ionadh an domhain air, ainm Gabriel John Utterson. D'fhéach sé ar Phoole, agus ansin ar na páipéir arís, agus faoi dheireadh thiar thall ar an gcoirpeach marbh a bhí sínte ar an urlár.

"Tá mearbhall i mo cheann," ar seisean. "Ní foláir nó bhí seilbh aige na laethanta seo go léir; ní raibh cúis dá laghad aige bheith ceanúil ormsa; ní foláir nó bhí buile air as ucht é féin a fheiceáil díchurtha; agus níor scrios sé an doiciméad seo."

G. J. UTTERSC

Rug sé ar an bpáipéar eile; nóta gearr a bhí ann ó lámh an dochtúra, agus dáta ar a thosach. "Ó, a Phoole!" arsa an dlíodóir. "Bhí sé beo agus anseo an lá inniu. Ní féidir gur cuireadh deireadh leis i spás aimsire chomh gairid sin; caithfidh sé a bheith beo fós, ní foláir nó gurb amhlaidh a theith sé. Agus ansin, cad faoi deara dó teitheadh? Agus conas? Agus más mar sin atá an scéal an féidir linn a rá gur mharaigh an duine seo é féin? Ó, caithfimid a bheith an-aireach. Feicim roimh ré go bhféadfaimid tubaiste éigin a tharraingt anuas ar do mháistir."

"Cad chuige nach léann tú é, a dhuine uasail?" arsa Poole.

"Mar tá eagla orm," a d'fhreagair an dlíodóir, go sollúnta. "Go dtuga Dia nach bhfuil a chúis agam!" Agus leis sin chuir sé an páipéar faoina shúil, agus léigh mar a leanas:

> "A Utterson a chara,—Nuair a thiocfaidh sé seo i do lámha beidh mise as radharc, ní feasach dom fós go cruinn conas; ach deir mo stuaim féin agus gach aon ní a bhaineann le mo scéal aisteach go bhfuil an chríoch cinnte agus nach fada uaim í. Téigh, más ea, agus léigh ar dtús an scéal ar thug Lanyon rabhadh dom go raibh sé chun a chur i do lámha; agus más áil leat tuilleadh a chloisteáil, tiontaigh chun faoistin do charad neamhfhiúntaigh neamhshona,
>
> "i.
>
> "Henry Jekyll."

"Bhí an tríú iatán ann?" arsa Utterson.

"Seo, a dhuine uasail," arsa Poole, agus chuir sé isteach ina lámha pacáiste toirtiúil agus séala air ina lán áiteanna.

Chuir an dlíodóir ina phóca é. "Chomhairleoinn duit gan trácht ar an bpáipéar seo. Má tá do mháistir d'éis teitheadh nó má tá sé marbh, is é is lú is gann dúinn a dhéanamh ná a cháil a chosaint. Tá sé anois a deich a chlog; caithfidh mise dul abhaile agus an páipéar seo a léamh ar mo shuaimhneas; ach tiocfaidh mé ar ais roimh mheán oíche, agus ansin cuirfimid fios ar na póilíní."

Chuaigh siad amach, ag cur dhoras an tseomra diosctha faoi ghlas ina ndiaidh; agus ag fágáil na searbhóntaí athuair cruinnithe

thart timpeall na tine sa halla, shiúl Utterson ar ais chun a oifige leis an dá scéal a mhíneodh an rúndiamhair seo a léamh.

Caibidil IX

Scéal an Dochtúra Lanyon

An naoú lá d'Eanáir, tá ceithre lá ó shin ann, fuair mé le post an tráthnóna clúdach litreach cláraithe, agus é seolta faoi lámh mo chomhghleacaí agus mo sheanchompánaigh scoile, Henry Jekyll. Chuir sin an-ionadh orm, mar is annamh a scríobhaimis chun a chéile; chonaic mé an fear cheana, is ea chaith mé dinnéar ina fhochair an oíche roimhe sin; agus níor fhéad mé cuimhneamh ar rud ar bith sa chaidreamh a bhí eadrainn a thabharfadh air litir chláraithe a sheoladh chugam. Méadaíodh ar m'ionadh nuair a léigh mé a raibh inti; óir is mar seo síos a ghabh an litir:

An 9 Eanáir 18—

"A Lanyon, a chara,—Tá tú féin ar dhuine de na cairde is sine dá bhfuil agam; agus cé gur minic sinn ar mhalairt aigne maidir le cúrsaí eolaíochta, ní cuimhin liom, i mo thaobhsa de ar a laghad, aon bhearna inár gcairdeas. Ní raibh lá dár tháinig, is dá ndéarfá liom, "A Jekyll, ortsa atá mo bheatha, m'onóir, mo mheabhair ag brath," nach mbeinn sásta scaradh le mo mhaoin shaolta nó le mo lámh chlé chun cúnamh leat. A Lanyon, tá mo bheatha, m'onóir, mo mheabhair, tá said go léir ar do choimirce; má theipeann tú orm anocht táim réidh. Ba dhóigh leat, tar éis an réamhrá seo, go mbeinn chun rud éigin a iarraidh ort go mb'easonóir é a dhéanamh. Tabhair do bhreith féin ar an scéal.

"Ba mhaith liom go gcuirfeá ar athló gach aon choinne dá bhfuil agat i gcomhair na hoíche anocht—is ea, dá mba ó cholbha leapa impire féin a chuirfí forrán ort; cab a ghabháil, mura mbeidh do charráiste cheana féin ag an doras; agus, leis an litir seo i do lámh do do chomhairliú, tiomáint díreach chun mo thíse. Tá a chuid orduithe cheana ag Poole, mo bhuitléir; beidh sé ag fanacht leat agus glasadóir ina fhochair. Caithfear ansin doras m'oifige a chur isteach; agus beidh ortsa dul isteach ann i d'aonar; an cófra gloinithe atá ar thaobh na láimhe clé (litir E) a oscailt, an glas a bhriseadh má tá dúnta; agus an ceathrú tarraiceán ón mbarr, nó neachtar acu (rud is ionann) an tríú ceann ón mbun a tharraingt amach *le gach a bhfuil ann mar atá*. Tá m'intinn chomh buartha sin go bhfuil faitíos m'anama orm thú a chur ar míthreoir; ach má táim ar cearr féin, aithneoidh tú an tarraiceán ceart ar a mbeidh ann: roinnt púdar, fial, agus leabhar faoi chlúdach páipéir. Impím ort an tarraiceán sin a bhreith leat ar ais go Cavendish Square díreach mar atá.

"Sin é an chéad chuid den chomaoin; seo é an dara cuid. Má thriallann tú leat láithreach d'éis seo a fháil, ba chóir go mbeifeá ar ais i bhfad roimh mheán oíche; ach fágfaidh mé an méid sin spáis agat, ní hamháin ar eagla go mbeadh constaic éigin ann nárbh fhéidir a chosc ná a fheiceáil roimh ré, ach gur oiriúnaí uair an chloig nuair a bheidh do shearbhóntaí ina gcodladh i gcomhair a mbeidh le déanamh ansin. Is ea, caithfidh mé a iarraidh ort bheith i d'aonar i do sheomra comhairle ar uair an mheán oíche chun an doras a oscailt le do lámh féin agus go scaoilfeá isteach fear a thiocfaidh chugat i m'ainmse, agus an tarraiceán úd a shíneadh chuige. Ansin beidh do pháirtse imeartha, agus beidh mise faoi mhórchomaoin agat. Cúig nóiméad ina dhiaidh sin, mura mór duit míniú a fháil, tuigfidh tú a mhórthábhachtaí atá sé na coinníollacha seo a chomhlíonadh; agus dá ndéanfá faillí i gceann acu, dá áiféisí iad de réir cosúlachta, b'fhéidir go mbeadh mo bhás-sa nó caill mo chéille ar do choinsias.

"Más cinnte féin atáim nach dtabharfar faillí san achainí seo, tagann creathán i mo lámh is gan ach smaoineamh ar a leithéid de chinniúint. Cuimhnigh ormsa an uair atá ann, agus mé in áit choigríoch, faoi dhúdhuairceas nárbh fhéidir a áibhliú, agus a fhios agam i rith an ama go léir, má thugann tusa lámh chúnta dom in am tráth, go n-imeoidh mo chuid trioblóidí uaim ar nós scéal atá d'éis a inste. Cabhraigh liom, a Lanyon, a chara, agus saor

"Do chara,

"H. J.

"I.S. Bhí sé seo faoi shéala cheana agam nuair a bhuail uamhan eile mé. Tharlódh go dteipfeadh Oifig an Phoist orm agus nach sroichfeadh an litir seo go dtí maidin amárach thú. Sa chás sin, a Lanyon, a chara, déan an teachtaireacht úd dom an uair is caoithiúla duit i gcaith-eamh an lae; agus arís eile bíodh coinne agat le mo theachtaire um meán oíche. B'fhéidir go mbeadh sin ródhéanach, agus má théann an oíche thart gan aon ní a thitim amach, beidh a fhios agat go bhfuil deireadh le Henry Jekyll."

Ar léamh na litreach seo dom, bhí mé lánchinnte gurb amhlaidh a chuaigh de mheabhair mo chomhghleacaí; ach go dtí go gcruthófaí sin gan aon rian amhrais, cheap mé go raibh orm rud a dhéanamh air. Dá laghad a thuig mé den raiméis sin is ea is lú a d'fhéad mé a tábhacht a mheas; agus níorbh fhéidir impí i mbriathra den sórt sin a chur i leataobh gan mórualach freagrachta a ghabháil le m'ais. Uime sin d'éirigh mé ón mbord, léim mé isteach i hansam agus thiomáin liom díreach go teach Jekyll. Bhí an buitléir ag fanacht le mo theacht; bhí sé d'éis litir chláraithe a fháil leis an bpost céanna, agus bhí sé tar éis fios a chur ar ghlasadóir agus ar shiúinéir. Tháinig na ceardaithe agus sinn fós ag caint; agus ghluaiseamar le chéile go seomra dhiosctha an Dochtúra Denman, áit is oiriúnaí (mar is eol duit, is dócha) chun dul isteach in oifig phríobháideach Jekyll. Bhí an doras an-daingean, agus togha glais air; dhearbhaigh an siúinéir go

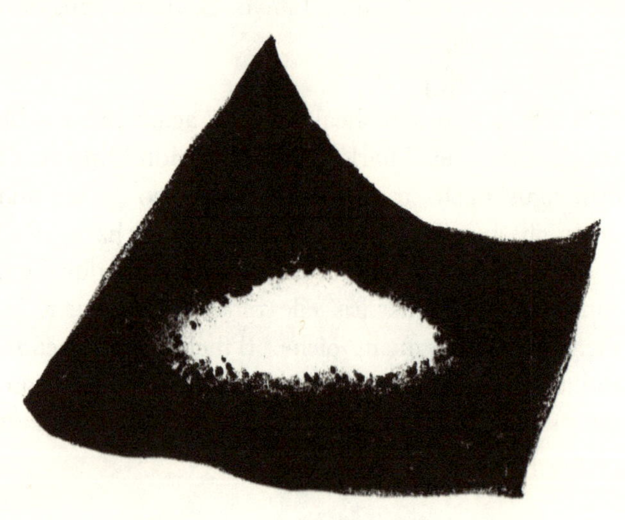

mbeadh a lán dá dhua aige, agus go mb'éigean mórán damáiste a dhéanamh, dá mbeadh air forneart a úsáid; agus bhí an glasadóir in éadóchas, geall leis. Ach buachaill deaslámhach ab ea an glasadóir, agus tar éis dhá uair an chloig a chaitheamh ar an ngnó bhí an doras ar oscailt aige. Ní raibh an glas ar an gcófra a bhí marcáilte E; agus thóg mé amach an tarraiceán, líon mé le tuí agus cheangail mé i mbraillín é, agus d'fhill mé ar Cavendish Square leis.

Ansiúd chrom mé ar a raibh ann a iniúchadh. Bhí na púdair fillte deas go leor, bíodh is nach raibh slacht an phoitigéara dáiliúcháin orthu, ar nós gur shoiléir gur de dhéantús príobháideach Jekyll féin iad; agus nuair a d'oscail mé ceann de na clúdaigh fuair mé istigh ann mar a bheadh salann simplí criostalta a raibh dath bán air. Ansin d'fhéach mé ar an bhfial, a bhí leathlán de liocáir fhuildearg, a raibh boladh dianláidir gonta air, ina raibh, ba dhóigh liomsa, fosfar agus éitear so-ghalaithe éigin. Níor fhéad mé buille faoi thuairim a thabhairt ar na comhábhair eile a bhí ann. Cóipleabhar gnách a bhí sa leabhar, agus ní raibh ann ach sraith dátaí. Chuaigh siad siar blianta fada; ach thug mé faoi deara gur scoir na hiontrálacha go tobann beagnach bliain ó shin. Anseo is ansiúd bhí abairt ghearr mar aguisín le dáta, is gan ann de ghnáth ach an t-aon fhocal amháin: "dúbailt" a bhí le fáil sé huaire, b'fhéidir, as iomlán na gcéadta iontrálacha; agus aon uair amháin i bhfíorthosach an liosta, agus a lán comharthaí uaillbhreasa mar eireaball leis, "theip orm glan!!!" Cé gur chuir an méid seo faobhar ar m'fhiosracht, ba bheag d'eolas cruinn a bhain mé as. Bhí ann fial de thintiúr éigin, páipéar a raibh roinnt salainn éigin ann, agus tuairisc ar a lán turgnamh a rinneadh is gan aon toradh fónta orthu (ar nós fhormhór thaighde Jekyll). Conas ab fhéidir é, na hairteagail sin agus iad faoi dhíon mo thí agam, baint ar bith a bheith acu le honóir, le meabhair nó le beatha mo chomhghleacaí cheannéadroim? Má b'fhéidir lena theachtaire dul in aon áit amháin, cad chuige nárbh fhéidir leis dul in áit eile? Agus cuir i gcás bac éigin a bheith air, cén fáth a mbeadh ar an duine uasal seo teacht chugam ós íseal? Dá mhéad machnaimh a rinne mé ar an scéal is ea is mó a buaileadh isteach i m'aigne gur chás galair

inchinne a bhí idir lámha agam; agus cé gur scaoil mé a chodladh mo shearbhóntaí, lódáil mé seanghunnán a bhí agam, ar chaoi go mb'fhéidir liom mé féin a chosaint dá mba ghá é.

Ar éigean a bhí uair an mheán oíche á bualadh ar fud Londan nuair a cnagadh an boschrann go han-éadrom ar an doras. Chuaigh mé féin á fhreagairt, agus fuair mé fear beag ansiúd agus é ar cromadh le piléir an phóirse.

"An ón Dr Jekyll a tháinig tú?" arsa mise.

Chomharthaigh sé dom gurbh ea, agus bos ar a bhéal; agus nuair a dúirt mé leis teacht isteach, ní dhearna sé rud orm gan cúlfhéachaint chruinn a thabhairt ar dhorchadas na cearnóige. Bhí póilín tamaillín uainn agus é ag teacht inár dtreo agus fuinneoigín a lóchrainn ar oscailt aige; agus ar a fheiceáil sin do mo chuairteoir mheas mé gur gheit sé agus gur bhrostaigh sé air.

Admhaím nár thaitin na geáitsí sin liom; agus a fhad a bhí mé á leanúint isteach i solas geal an tseomra comhairle, choinnigh mé mo lámh ar mo ghunna. Bhí faill agam faoi dheoidh ar é a fheiceáil ansiúd go soiléir. Níor leag mé mo dhá shúil riamh roimhe sin air, bhí an méid sin cinnte. Fear beag ab ea é, mar a dúirt mé cheana; agus ina theannta sin thug mé faoi deara an dreach scanrúil a bhí ar a aghaidh, a threise is a bhí sé ina fhéitheacha, cé go raibh cosúlacht mórlaige ar a choimpléasc, agus— faoi dheireadh—an corraí aisteach a mhothaigh mé ionam féin ó bheith ina ghaire. Is amhlaidh a chuireadh sé sórt doichte orm agus lagar cuisle san am céanna. I láthair na huaire chuir mé an mothú sin i leith déistine pearsanta a bhain liom féin, agus ba é ab ionadh liom a ghéire is a bhí na comharthaí, ach is lé réasún a chreidim ó shin gur cúis a luíonn go domhain sa nádúr daonna ba shiocair leis an mothú sin, agus gur fáth is uaisle ná an fuath ba bhun leis.

Ar a chéad teacht isteach do mo dhuine, d'fhadaigh sé istigh ionam fiosracht a bhí lán de dhéistin; níl a mhalairt de théarma air. Bhí sé gléasta ar nós a dhéanfadh ceap magaidh d'éinne eile; is é sin le rá go raibh a chuid éadaigh rómhór ar fad dó ar gach aon slí, cé gur stuif saibhir sollúnta a bhí iontu. Bhí an bríste ar sileadh lena dhá chois agus é trusáilte lena choimeád ón talamh. Bhí básta an chóta níos ísle ná a dhá chromán, agus an bóna ar

dianleathadh ar a ghuaillí. Is aisteach le rá é, ach níor bhain an feisteas áiféiseach sin aon gháire asam. A chontrártha sin, ó bhí rud éigin neamhghnách míchumtha i mbuntréithe an chréatúir a bhí os mo chomhair—rud éigin forghabhálach, iontach, déistineach—ní dhearna an mhífhreagracht úr seo ach titim isteach leis an mothú sin agus a dhaingniú; ar nós gur cuireadh de bhreis ar mo spéis i nádúr agus i gcáilíocht mo dhuine, fiosracht i dtaobh a bhunúis, a bheatha, a fhortúin agus a staide sa saol.

Cé gur fadálach le cur síos é, thug mé an méid sin faoi deara taobh istigh de chúpla nóiméad. Go deimhin féin bhí mo chuairteoir ar lasadh le fuadar folaitheach éigin a bhí faoi.

"'Bhfuil sé agat?" ar seisean go hard. "'Bhfuil sé agat? Agus le teann mífhoighne chuir sé a lámh ar mo rí agus rinne iarracht croitheadh a bhaint asam.

Chuir mé uaim é, mar nuair a bhain sé liom mhothaigh mé daigh oighreata i mo chuid fola. "Go réidh, a dhuine uasail," arsa mise. "Bíodh a fhios agat nach bhfuil sé de phléisiúr agam fós thú a bheith ar m'aithne. Buail fút, más é do thoil é." Agus le sampla a thabhairt dó shuigh mé síos i mo ghnáthchathaoir is rinne mé an aithris ab fhearr ar na nósanna a bhíonn agam le hothair is a d'fhéad mé d'ainneoin na huaire deireanaí, an chineáil imní a bhí orm, agus an uafáis a bhí mo chuairteoir a chur orm.

"Gabhaim pardún agat, a Dhochtúir Lanyon," ar seisean, lách go leor. "Is fíor mar a deir tú. Is amhlaidh a bhuaigh an mhí-fhoighne ar an múineadh agam. Táimse anseo ar impí do chomhghleacaí, an Dochtúir Henry Jekyll, agus gnó tábhachtach atá agam le cur chun cinn; agus cheap mé…" stad sé agus chuir lámh lena bhráid, agus bhraith mé air, in ainneoin a iompair shéimh, go raibh sé ag coimhlint in aghaidh ionsaí na histéire— "Thuig mé go mbeadh tarraiceán…"

Ach lena linn sin ghlac trua mé do bhuairt aigne mo chuairteora, agus roinnt trua leis, b'fhéidir, don fhiosracht a bhí ag borradh istigh ionam féin.

"Sin é é, a dhuine uasail," arsa mise, agus mé ag díriú mo láimhe chun an tarraiceáin a bhí sínte ar an urlár taobh thiar de bhord, agus an bhraillín fós timpeall air. Léim sé chun an tarraiceáin, agus ansin stad sé agus chuir a lámh lena chroí;

d'fhéadfainn díoscán na bhfiacal a chloisteáil lena fhíochmhaire a dhruid sé a dhá ghiall ar a chéile; agus bhí a aghaidh chomh mílítheach sin le féachaint air gur tháinig eagla orm go mb'amhlaidh a chaillfeadh sé a anam agus a réasún.

"Cuir cruth ort féin," arsa mise.

Thiontaigh sé chugam le miongháire uafásach, agus mar a bheadh le teann éadóchais bhain sé an bhraillín den tarraiceán. Nuair a chonaic sé a raibh istigh ann, lig sé aon tréanosna amháin as, osna a bhí chomh lán sin d'fhaoiseamh gur fhan mé i mo shuí ansin chomh marbh le cloch. Agus ar an móimint ina dhiaidh sin d'fhiafraigh sé díom de ghuth a bhí cheana féin beagnach ar a chomhairle aige, "An bhfuil gloine ghrádaithe agat?"

D'éirigh mé as mo shuíochán le hiarracht, agus thug mé dó an rud a d'iarr sé orm.

Ghabh sé a bhuíochas liom le sméideadh gáiriteach, thomhais amach cúpla braon den tintiúr dearg agus chuir ceann de na púdair tríd. Bhí an meascán ar dhath dearg ar dtús, ach de réir mar a chrom na criostail ar leá, bhánaigh ar an dath, tháinig broidearnach shochloiste ann, agus thosaigh gala beaga deataigh ar theacht as. Go tobann agus ar an nóiméad céanna stad an bhroidearnach, tháinig dath corcra ar an gcumasc a d'athraigh arís níos moille go dath bán-uaine. Rinne mo chuairteoir, a bhí ag faire go géarshúileach ar na claochluithe sin, rinne sé miongháire, leag an ghloine ar an mbord, agus ansin d'iompaigh sé chugamsa agus thosaigh ag cur na súl tríom.

"Agus anois," ar seisean, "chun an chuid eile a réiteach. Ar mhaith leat bheith críonna? An nglacfaidh tú mo chomhairlese? An ligfidh tú dom an ghloine seo a thógáil i mo lámh agus dul amach as do theach gan a thuilleadh comhrá? Nó an bhfuil an lámh uachtair beirthe ort ag craos na fiosrachta? Machnaigh sula bhfreagróidh tú, mar déanfar de réir do rogha. De réir do rogha féin fágfar thú mar a bhí tú go dtí seo, gan méadú maoine ná breis críonnachta, murarbh fhéidir sórt saibhris anama a thabhairt ar an mothú gur fhóin tú do dhuine a bhí in angar anama. Nó más fearr leat rogha eile a dhéanamh, leathfar os do chomhair amach réimse úr an eolais agus slite eile chun clú agus chun cumhachta,

anseo, sa seomra seo, láithreach bonn; agus caochfar léargas do dhá shúil le feart a d'fhannódh ainchreideamh Shátain."

"A dhuine uasail," arsa mise, ag ligean orm misneach a bheith agam nach raibh ar chor ar bith, "labhraíonn tú go diamhair, agus b'fhéidir nach ndéanfaidh tú ionadh de má éistim leat gan aon róchomhartha go gcreidim do scéal, ach tar éis dul chomh fada sin maidir le scéal nach dtuigim, ní stadfaidh mé go bhfeice mé a chríoch."

"Tá go maith," arsa mo chuairteoir, "is cuimhin leat, a Lanyon, an mhóid a thug tú: faoi shéala ár ngairme a bheidh a leanfaidh. Agus féach anseo, tusa atá le fada ceangailte le barúlacha caola ábharacha, tusa a shéan bua an leighis tharchéimniúil, tusa a rinne fonóid faoi dhaoine ab eolaí ná tú féin—féach!"

Chuir sé an ghloine chun a bheola agus d'ól siar an deoch d'aon bholgam amháin. Lig sé liú as; luasc sé anonn is anall, baineadh tuisle as, d'aimsigh sé an bord gur rug greim air, agus é ag féachaint uaidh agus a dhá shúil dearg le fuil agus a bhéal ar dianleathadh; agus fad a bhí mé ag faire air, tháinig, dar liom, athrú air—tháinig borradh air, ba dhóigh leat—dubhaíodh go tobann ar a cheannaithe, agus tháinig mar a bheadh leá agus claochlú ar a ghnúis—an mhóimint ina dhiaidh sin léim mé féin ar mo bhoinn agus thug droim leis an mballa, mo lámh in airde agam le mé féin a chumhdach ar an éacht úd, agus m'intinn báite faoi scanradh.

"A Rí na bhfeart!" arsa mise arís agus arís eile, agus mé ag screadach go hard; óir ansiúd os comhair mo dhá shúil—agus é bán, croite, é i leathlagar, ag lámhacán roimhe, ar nós duine a aiseagadh ón mbás—ansiúd a bhí Henry Jekyll!

Ní féidir liom m'aigne a cheapadh chun a ndúirt sé liom i gcaitheamh na huaire an chloig a lean air sin a chur síos ar phár. Chonaic mé a bhfaca mé, chuala ar chuala, agus tháinig breoiteacht anama orm dá dheasca; agus ina dhiaidh sin, ó chuaigh an radharc úd ar ceal ó mo shúile, fiafraím díom féin an ngéillim dó, agus ní fhéadaim freagairt. Tá m'anam istigh ionam croite go fréamhacha; tá an codladh tar éis mé a thréigean; bíonn scanradh uafásach taobh liom gach aon uair de lá is d'oíche; mothaím go bhfuil mo ré caite agus go bhfuil an bás i ndán dom;

agus ina dhiaidh sin gheobhaidh mé bás gan géilleadh don scéal. Maidir le táire na mbéas a nocht an duine úd liom, le deora na haithrí go fiú, ní fhéadaim cuimhneamh uirthi gan geit le scanradh. Ní déarfaidh mé ach an t-aon rud amháin, a Utterson, agus is róleor sin, má fhaigheann tú i d'aigne a chreidiúint. An créatúr úd a shleamhnaigh isteach i mo theach an oíche úd, Hyde a thugadh cách air, ar admháil Jekyll féin, agus bhíothas á thóraíocht i ngach cúinne den tír i gcáil mhurdaróir Carew.

HASTIE LANYON

Caibidil X

Lánfhaisnéis Henry Jekyll

S a bhliain 18— a rugadh mé. I m'oidhre ar mhórfhortún, thug mé liom féin ó dhúchas dea-thréithe chomh maith céanna. Bhí mé claon ó dhúchas chun saothair, ceanúil ar dhea-mheas mhaithe agus éigse mo linne féin; agus uime sin, mar ba dhóigh le cách, bhí gach aon ráthaíocht agam ar shaol onórach, oirirc. Agus go deimhin ba é an locht is mó a bhí orm ná beocht éigin mífhoighneach i mo mheon, rud ar mhinic a chuir a leithéid an bhuaic ar shonas a lán daoine, ach gur dheacair domsa é a réiteach leis an mian mhórchúiseach a bhí agam le cáil na galántachta agus le gnúis níos forasta ná mar is gnách a chaitheamh os comhair an phobail. Tháinig de sin go gceilinn mo chuid siamsaí; agus ar theacht in aois an léirsmaoinithe dom nuair a chrom mé ar fhéachaint timpeall orm, agus ar an dul ar aghaidh a bhí déanta agam agus mo chéim sa saol a léirmheas, bhí mé thíos cheana féin le camastaíl dhomhain i gcúrsa mo bheatha. Is iomaí duine a chuirfeadh os ard na mírialtachtaí ina raibh mé ciontach; ach toisc na n-ardaidhmeanna a bhí curtha romham agam, ba náire shaolta liom iad agus cheilinn iad. Mar sin, ba é nádúr cruálach mo chuid ardmhianta, thar aon táire faoi leith i mo chuid lochtanna, a d'fhág mar sin mé, agus a dheighil ionam, le trinse níos doimhne ná mar a fhaightear i bhformhór na ndaoine, na limistéir úd na maitheasa agus an oilc a roinneann agus a chumascann nádúr dúbailte an duine. Sa chás sin, cuireadh orm machnamh go domhain dúthrachtach ar an dlí dúr

sin na beatha a luíonn ag fréamh an chreidimh, agus a bhíonn ar chúis de chúiseanna na buartha is coitianta le fáil. Dá dhoimhne dá mbíodh mo chamastaíl, níorbh aon fhimíneach mé ar chuma ar bith: bíodh an dá thaobh díom lom dáiríre; ní níos mó ar mo nós féin a bhínn nuair a chuirinn i leataobh an toirmeasc agus go tumainn mé féin sa duáilce, ná mar a bhínn nuair a shaothraínn faoi sholas na gréine ag cur feasa chun cinn nó ag fóirithint ar an mbrón agus ar an bhfulaingt. Agus tharla go ndearna claonadh mo chuid staidéir eolaíochta, a bhí tugtha go hiomlán chun rudaí diamhra tarchéimniúla, tionchar a imirt agus solas láidir a chaitheamh ar an mothú seo na síorchogaíochta a bhíodh ar siúl istigh ionam. In aghaidh an lae, agus ón dá thaobh de m'eagna, an taobh morálta agus an taobh intleachtach, tharraing mé diaidh ar ndiaidh ar an bhfírinne a dhamnaigh nó a dhaor chun léirscriosta mé de dheasca í a leathnochtadh; an fhírinne nach duine amháin atá sa duine, ach beirt. Beirt a deirim, mar nach dtéann staid m'eolais féin thar an bpointe sin. Leanfaidh daoine eile i mo dhiaidh, rachaidh daoine eile tharam ar an rian céanna; agus tugaim buille faoi thuairim go mbeidh a fhios faoi dheoidh nach bhfuil sa duine ach cnuasach ilghnéitheach ait leithleach d'áitreabhaigh. I mo thaobhsa de, toisc nádúr mo bheatha, chuaigh mé ar aghaidh gan tuisle i dtreo áirithe, agus in an aon treo amháin. Ba ar thaobh na moráltachta, agus i mo phearsa féin, a d'fhoghlaim mé léirdhúbailteacht bhunúsach an duine; chonaic mé, maidir leis an dá nádúr a dhéanadh coimhlint ar pháirc mo chomhfheasa, dá mb'fhéidir a rá sa cheart gur ceachtar díobh mé féin, nach raibh ann ach gur mé an bheirt acu in éineacht go bunúsach; agus le fada riamh, sular thosaigh cúrsa mo chuid fionnachtana eolaíche ar a chur i m'aigne go mb'fhéidir a leithéid de mhíorúilt a bheith ann in aon chor, d'fhoghlaim mé bheith ag machnamh le pléisiúr, mar a bheadh aisling ar lá aoibhnis, ar an smaoineamh go bhféadfaí na dúile úd a dheighilt ó chéile. Dá mb'fhéidir, arsa mise i m'aigne féin, ceachtar acu a chur ina chónaí i bpearsa faoi leith, b'fhéidir gach a raibh dofhulaingthe sa bheatha a bhaint de; d'fhéadfadh an neamh-fhíréan a bhealach féin a thabhairt air, agus é saor ar ardmhianta

agus ar aithreachas a leathchinn chóir; agus d'fhéadfadh an fíréan siúl go daingean, slán ar a chosán suas, agus é ag déanamh na nithe a thaitneodh leis, agus gan é nochta feasta do tháire ná do dhoilíos tríd an dochar eachtrannach seo. Ba é mallacht an chine dhaonna an brosna easaontach sin a bheith ceangailte le chéile mar sin—na leathchinn antapódacha seo a bheith i gcónaí ag gleacaíocht i mbroinn chráite an chomhfheasa. Conas, más ea, arbh fhéidir iad a dheighilt ó chéile?

Shroich mé an pointe sin i mo chuid machnaimh, nuair a thosaigh, mar a dúirt mé, taobhsholas ar thitim ar an gceist ó bhord na saotharlainne. Thosaigh mé ar a thuiscint níos cruinne ná mar a cuireadh síos riamh fós air, an neamhní creathánach, an tairmtheacht ceomhar atá sa chorp seo, a fhéachann chomh foirtil sin agus a chuirimid umainn agus sinn ag siúlóid timpeall. Fuair mé go raibh sé de bhua in oibreáin áirithe culaith na colainne a chrith agus a tharraingt i leataobh, díreach mar a bhogfadh gaoth cuirtíní pailliúin. Tá dhá chúis mhaithe agam le gan teacht níos cruinne thar an roinnt eolaíoch seo de m'fhaoistin. Ar dtús, mar a tugadh orm foghlaim go bhfuil daoradh agus ualach ár mbeatha ceangailte go bráth ar ghuaillí an duine; agus nuair a dhéantar iarracht ar é a chaitheamh uainn, filleann sé orainn le meáchan a bhíonn níos neamhghnáiche agus níos troime go mór. Sa dara háit, mar a fhoilseoidh m'fhaisnéis go róshoiléir, faraor! ní raibh mo chuid fionnachtana ach leathchríochnaithe. Is leor a rá anseo, gur fhoghlaim mé ní hamháin an deighilt a bhí idir mo chorp agus mo spiorad ach conas druga a chumasc a d'fhéadfadh na cumhachtaí seo a dhíbirt óna smacht, agus athriocht agus ath-ghnúis a chur ina n-ionad, nár lúide ba liom ó nádúr toisc dúile íochtaracha m'anama a bheith iontu.

B'fhada nár chuir mé an teoiric seo faoi phromhadh na feidhme. Bhí a fhios agam go maith go raibh contúirt bháis ann; mar druga ar bith a raibh sé de chumhacht ann daingean na pearsantachta a stiúradh agus a chrith, b'fhéidir le braoinín sa bhreis sa dáileog nó antráth dá laghad sa chaitheamh léirscrios a imirt ar an taibearnacal neamhdhamhnach a raibh mé ag brath ar an druga chun é a chlaochlú. Ach bhí sé de chathú i bhfionn-

achtain chomh haisteach, chomh domhain sin, gur bhuaigh sa deireadh ar chomhairle na heagla. Bhí mo thintiúr ullmhaithe agam i bhfad roimh ré; cheannaigh mé láithreach, ó phoitigéir mórdhíola, roinnt mhaith de shalann áirithe arbh fheasach mé ó mo chuid turgnamh é a bheith ar an rud deiridh a bhí ag teastáil; agus go mall aon oíche thubaisteach amháin chumasc mé na dúile, d'fhair mé orthu a fhad agus a bhí siad ag fiuchadh agus ag cur deataigh astu sa ghloine, agus nuair a stadadh den fhiuchadh, d'ól mé siar an deoch le mórchuid misnigh.

Lean air sin na daitheacha cráite; meilt sna cnámha, fonn fíochmhar urlacain, agus uafás anama nach féidir a shárú ar uair bheirthe ná bháis. Ansin thosaigh na tromphianta sin ar laghdú go mear, agus tháinig mé chugam féin mar a thiocfainn as mórthinneas. Bhí rud éigin éagsúil i mo chéadfaí, rud éigin nárbh fhéidir cur síos air agus, toisc a nuachta, é milis thar chreidiúint. Mhothaigh mé mé féin níos óige, níos éadroime, níos sona i gcorp; taobh istigh ionam d'airigh mé meargántacht cheanndána, sruth d'íomhánna macnasacha mí-ordaithe ag gluaiseacht mar a bheadh sruthán muilinn i mo smaointe; scaoileadh ceangal an dualgais, bhí saoirse neamhghnách neamhshoineanta i m'anam. Bhí a fhios agam de chéad anáil na beatha nua seo, mé féin a bheith níos measa, deich n-uaire níos measa, ar mo reic mar sclábhaí do m'olc bunúsach; agus, an nóiméad sin féin, theann agus shásaigh an smaoineamh sin mé mar a dhéanfadh fíon. Shín mé uaim mo dhá lámh, ag déanamh lúchaire in úire ar mhothaigh mé; agus leis sin d'airigh mé go tobann go raibh laghdú airde tar éis teacht orm.

Ní raibh aon scáthán i mo sheomra an uair sin; an ceann atá taobh liom le linn mé a bheith ag scríobh, tugadh ann ní ba dhéanaí é, agus d'aon toisc chun na n-athchumaí úd. Bhí an oíche ag tarraingt ar an maidin—an mhaidin, dá dhorchacht í, beagnach ina lá—bhí mo líon tí faoi ghlas daingean an tsuain; agus cheap mé i m'aigne, agus mé lán de dhóchas agus de bhua mar a bhí mé, go gcuirfinn mo chruth nua i bhfiontar chomh fada le mo sheomra codlata. Chuaigh mé trasna an chlóis, mar a raibh na réaltaí ag breathnú ormsa an chéadchréatúr den sórt sin dar

nocht riamh a bhfaire gan chodladh dóibh; théaltaigh mé trí na pasáistí, agus mé i mo strainséir i mo theach féin; agus ar theacht isteach i mo sheomra dom chonaic mé den chéad uair riamh cosúlacht Edward Hyde.

Caithfidh mé labhairt anois de réir teoirice amháin, ní hé an rud is feasach dom a deirim ach an rud is dóichí i mo thuairimse. An drochthaobh de mo nádúr, a raibh mé tar éis an cló éifeachtach a aistriú chuige, ní raibh sé chomh téagartha ná chomh fásta leis an dea-thaobh a bhí curtha i leataobh agam. Rud eile de, i rith mo bheatha, a bhí, tar éis an tsaoil, ina naoi deichiú tugtha suas don streachailt, don tsuáilce agus don smacht orm féin, is lú a cleachtaíodh agus a suaitheadh an drochthaobh díom. Dá chionn sin, i mo thuairimse, tharla Edward Hyde a bheith an oiread sin níos lú, níos caoile, níos óige ná Henry Jekyll. Díreach mar a lonraíodh an mhaith ar ghnúis duine acu, bhí an t-olc scríofa go leathan soiléir ar aghaidh an duine eile. Ina theannta sin, bhí an t-olc (agus creidim fós gurb é is taobh marfach don duine) tar éis míchuma agus meathlú a chlóbhualadh ar an gcorp úd. Agus ina dhiaidh sin, nuair a d'fhéach mé ar an íol gránna sa scáthán, níor mhothaigh mé aon déistin roimhe, ach is amhlaidh a léim mé le fáilte. Mé féin a bhí ansin, leis. D'fhéach sé go nádúrtha agus go daonna. Shamhlaigh sé dom bheith níos beo, níos cruinne agus níos singile ná an ghnúis easpach a chleacht mé go dtí sin. Agus chomh fada agus a théann sin bhí an ceart agam gan amhras. Thug mé faoi deara, nuair a chaithinn cosúlacht Edward Hyde, nárbh fhéidir le héinne teacht i mo ghaire ar dtús gan droch-iontaibh shoiléir sa cholainn. Is é fáth a bhí leis sin, i mo thuairimse, ná de bhrí go mbíonn gach aon daonnaí dá gcastar linn arna chumasc as an olc agus as an maith; agus olc glan ab ea Edward Hyde agus eisean amháin i measc an chine dhaonna.

Ní dhearna mé ach moill nóiméid ag an scáthán; bhí an dara triail chríochnúil le féachaint; bhí fós le feiceáil an raibh mo chéannacht caillte gan tarrtháil agus an gcaithfinn teitheadh roimh sholas an lae ó theach nár liomsa feasta; agus ag cur díom go mear nó gur shroich mé m'oifig, d'ullmhaigh mé an cupán athuair agus d'ól mé é. D'fhulaing mé arís pianta an bháis, agus

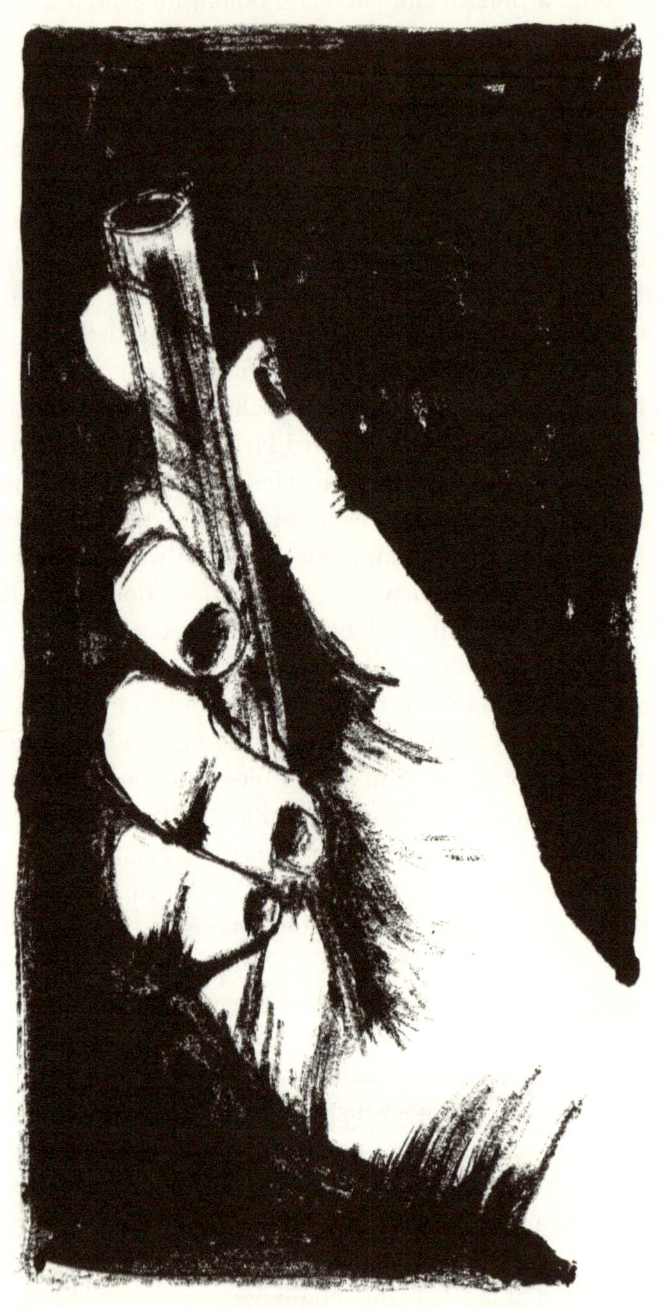

tháinig mé chugam féin arís le pearsantacht agus le toirt agus le gnúis Henry Jekyll.

Bhí mé an oíche úd ag crosaire na cinniúna. Dá mbeinn tar éis teacht ar m'fhionnachtain i spiorad níos uaisle, dá ndéanfainn an triail a chur i bhfiontar agus mé faoi smacht ag mianta na féile nó na cráifeachta, bheadh a mhalairt de scéal ar fad ann, agus ón gcróilí báis is breithe sin thiocfainn amach i m'aingeal in ionad mo dheamhain. Ní raibh aon fheidhm idirdhealaitheach sa druga; ní raibh sé diabhlaí ná diaga; ní dhearna sé ach croitheadh a bhaint as doirse charcair mo mhéine; agus ar nós phríosúnaigh Fhilipí d'éalaigh a raibh istigh. Um an dtaca sin bhí mo chuid suáilce ina codladh; an t-olc a bhí ionam bhí sé ina dhúiseacht trí uaillmhian, bhí sé ar a aire agus é luath chun breith ar an bhfaill; agus is é rud a theilgtí amach ná Edward Hyde. Dá dheasca sin, cé go raibh dhá phearsantacht agam feasta chomh maith le dhá chosúlacht, olc críochnaithe ab ea ceann acu, is é a bhí sa cheann eile ach an sean-Henry Jekyll fós, an cumasc aimhréidh úd a raibh mé cleachta cheana le bheith in éadóchas maidir lena leasú ná a fheabhsú. Mar sin, bhí an claonadh go hiomlán chun olcais.

Um an dtaca sin féin, ní raibh bua agam fós ar an bhfuath a thugainn do thuire saoil staidéir. Uaireanta bhínn claon chun meidhre; agus, toisc mo chuid pléisiúr a bheith gan dínit (ar an gcuid is lú de), toisc aithne mhaith agus ardmheas ag cách orm, agus fós toisc mé bheith ag tarraingt ar an tseanaois, bhíodh an neamhoiriúnacht saoil seo ag brú ar an doicheall in aghaidh an lae. Ar an taobh sin is ea a mheall mo chumhacht nua chuici mé nó gur thit mé i ndaoirse. Ní raibh agam le déanamh ach an cupán a ól, cló an ollaimh oirirc a chaitheamh díom agus riocht Edward Hyde a chur umam ar nós clóca tiubh. Chuireadh an smaoineamh ag gáire mé; cheap mé an uair sin gur ghreannmhar an beart é; agus dhéanainn mo chuid ullmhúcháin le haireachas an domhain. D'fhostaigh mé agus ghléas mé an teach úd in Soho, a ndeachaigh na póilíní ar lorg Hyde ann; agus chuir mé ar aimsir mar bhean tí créatúr a raibh a fhios agam go dianmhaith í a bheith tostach neamhscrupallach. Ar an taobh eile de, d'fhógair mé do mo chuid searbhóntaí lánchead agus cumhacht mo thí ar

an gcearnóg a bheith ag an duine darbh ainm Hyde ar thug mé a thuarascáil dóibh; agus ar eagla na heagla tháinig mé agus chuir mé mé féin in aithne dóibh i m'athriocht. Ansin chuir mé le chéile an uacht úd a ghoill chomh mór sin ortsa; ar chaoi is dá dtarlódh aon ní dom agus mé i bpearsa an Dochtúra Jekyll, go bhféadfainn teacht isteach ar phearsa Edward Hyde gan aon airgead a chailleadh. Agus ar bheith dom daingnithe sa treo sin, mar a shíl mé, ar gach aon taobh, chrom mé ar thairbhe a bhaint as saoirse éagsamhalta na staide ina raibh mé.

Bhí daoine ann roimhe seo a d'fhostaigh bithiúnaigh lena gcuid coireanna a chur i ngníomh, agus a bpearsa agus a gcáil féin i bhfoscadh. Mise an chéad duine riamh a rinne amhlaidh mar mhaitheas lena phléisiúr féin. Mise an chéad duine a d'fhéadfadh a bheith ag sclábhaíocht mar sin os comhair an phobail faoi ualach measúlachta caoine, agus ar iompú na boise, ar nós buachaillín scoile, na balcaisí iasachta seo a bhaint díom agus mé féin a chaitheamh de léim ceann ar aghaidh isteach i bhfarraige na saoirse. Ach i mo thaobhsa de, a bhuí le mo chlóca doiléir, bhí mé lánsaor ó bhaol. Cuimhnigh air—ní raibh mé ar marthain in aon chor! Tugtar faill dom ar éalú isteach ar dhoras mo shaotharlainne, agus nóiméad nó dhó leis an deoch a bhíodh i gcónaí ullamh agam a mheascadh agus a shlogadh; agus is cuma cad a bheadh déanta aige, rachadh Edward Hyde ar ceal mar a bheadh smál anála ar scáthán; agus ansiúd ina ionad, go socair sa bhaile, agus é ag bearradh bhuaiceas a lampa mheán oíche ina sheomra staidéir, bheadh Henry Jekyll, fear a d'fhéadfadh dúshlán a thabhairt do dhrochiontaibh.

Na pléisiúir a chuardaínn le dithneas agus mé i mo bhréagriocht, bhí siad, mar a dúirt mé cheana, gan dínit; is ar éigean a gheobhainn ainm ba ghéire a thabhairt orthu. Ach i lámha Edward Hyde ba ghearr gur thosaigh siad ar dhul in ainsciantacht. Nuair a thagainn abhaile ó na turais úd ghabhadh ionadh mé as ucht a choirpeacht a bhínn agus mé i m'athriocht. An leannán sin a ghlaoigh mé amach as m'anam féin agus a chuir mé amach ina aonar chun a rogha pléisiúr a dhéanamh, cladhaire agus duine a bhí claonta chun oilc ó dhúchas ab ea é; gach beart

agus gach smaoineamh ba ar mhaithe leis féin iad uile; é ag ól le híota bhéistiúil an pléisiúr a d'fhaigheadh sé ó ba chuma cén céasadh do dhuine eile é; é chomh neamhthrócaireach le fear cloiche. Bhíodh eagla uaireanta ar Henry Jekyll roimh ghníomhartha Edward Hyde; ach bhí an scéal saor ar dhlíthe coitianta, agus lagaigh greim an chogúis i ngan fhios. Tar éis an tsaoil, ba é Hyde, agus Hyde amháin a bhíodh ciontach. Níor mheasaide Jekyll; dhúisíodh sé arís chun a dhea-cháilíochta gan aon dochar ba léir uirthi; sea, dhéanadh sé deifir, nuair a d'fhéadtaí é, chun an t-olc a bhíodh déanta ag Hyde a leasú. Agus mar sin bhíodh a choinsias ina chodladh.

Níl sé d'intinn agam tagairt go cruinn do chúrsaí na coirpeachta ina raibh mé páirteach (mar anois féin is ar éigean a d'admhóinn go ndearna mé é); níl uaim ach a thaispeáint cad iad na rabhaidh agus na céimeanna lenar dhruid mo phíonós orm. Bhuail aon tionóisc amháin orm, ach ó tharla nach raibh a sliocht orm, ní dhéanfaidh mé ach cur síos uirthi. Beart danartha a rinne mé ar leanbh, tharraing sé anuas orm fearg seallaigh, duine a d'aithin mé an lá faoi dheireadh i bpearsa do ghaoilse; ghabh an dochtúir agus muintir an linbh a pháirt; bhí faitíos m'anama orm go ceann tamaill; agus sa deireadh, le leisce an achrainn, b'éigean d'Edward Hyde iad a thionlacan chun an dorais agus iad a íoc le seic a tarraingíodh in ainm Henry Jekyll. Ach b'fhurasta an baol sin a sheachaint as sin amach, trí chuntas eile a oscailt i mbanc eile in ainm Edward Hyde féin; agus nuair a thug mé síniú do m'athdhuine, trí mo chuid scríbhneoireachta a fhiaradh siar, cheap mé go raibh mé saor ar an gcinniúint.

Dhá mhí éigin roimh dhúnmharú Sir Danvers, bhí mé amuigh ar eachtra de m'eachtraí, agus d'fhill mé go mall, gur dhúisigh mé lá arna mhárach i mo leaba agus mé do m'aireachtáil go hait. B'fhánach agam breathnú mórthimpeall orm; b'fhánach agam an troscán galánta agus fairsinge mo sheomra ar an gcearnóg a fheiceáil; b'fhánach é gur aithin mé patrún na gcuirtíní a bhí leis an leaba agus dearadh an fhráma mahagaine; bhí rud éigin á shíor-rá liom nach raibh mé mar a raibh mé, nár dhúisigh mé san áit a cheap mé a bheith ann, ach sa seomrín in Soho mar a

ngnáthaínn dul a chodladh i gcáil Edward Hyde. Rinne mé gáire dom féin, agus mar ba ghnách liom bhí mé ag cur is ag cúiteamh ar conas a tharla seo, agus fad gach aon fhaid mé ag míogarnach go sámh. Mar sin dom go dtí go raibh mé i mo lándúiseacht agus gur leag mé súil liom ar lámh liom. Bhí lámh Henry Jekyll (mar a dúirt tú féin go minic) oiriúnach dá cheird mar le toirt agus le cuma; bhí sí mór, daingean, geal, dea-sciamhach. Ach an lámh ar a raibh mé ag féachaint, sách soiléir, faoi bhuísholas na maidine i gcroí Londan, agus í ina luí leathdhúnta ar an éadach leapa, bhí sí caol, cordach, rúitíneach, agus báine bhreacdhorcha agus fionnadh dubh ag fás go tiubh uirthi. Lámh Edward Hyde a bhí ann.

Ní foláir nó d'fhan mé ag glinniúint uirthi go ceann leath-nóiméid nó mar sin, le teann ionaidh, sular dhúisigh an t-uafás i mo chliabh chomh tobann, chomh scanrúil le plimp ciombal; agus chuaigh mé de léim ón leaba agus sciúrd mé chun an scátháin. Ar fheiccáil an radhairc a chonaic mé, rinneadh fliche fhíorthanaí oighreata de mo chuid fola. Is ea, i gcruth Henry Jekyll a chuaigh mé a chodladh, i bhfoirm Edward Hyde a dhúisigh mé. Conas ab fhéidir é sin a mhíniú? Arsa mise liom féin; agus ansin, baineadh geit eile asam—conas ab fhéidir é a leasú? Bhí an mhaidin ag druidim linn go tiubh; bhí na searbhóntaí ina suí; bhí mo chuid drugaí go léir i m'oifig—aistear fada, síos dhá phéire staighre, trí chúlphasáiste, trasna an chlóis agus tríd an seomra diosctha, ón áit a raibh mé i mo sheasamh agus mé gafa ag an uafás. Is fíor gurbh fhéidir dom folach a chur ar m'aghaidh; ach cén gar é sin nuair nár fhéad mé an t-athrú airde a cheilt? Agus ansin, le faoiseamh fíorshólásach, chuimhnigh mé go raibh seantaithí cheana ag na searbhóntaí ar theacht agus imeacht m'fhir bhréige. Ba ghairid go raibh curtha umam agam chomh maith agus a d'fhéad mé é i gculaith de mo thomhas féin; ba ghearr an mhoill orm gabháil tríd an teach, mar ar stán agus mar ar chúb Bradshaw ar fheiceáil Mhr Hyde an uair sin de lá agus é faoi chulaith chomh haisteach sin; agus deich nóiméad ina dhiaidh sin, bhí an Dr Jekyll tar éis filleadh ar a chuma féin, agus

bhí sé ina shuí chun boird, agus gruaim ina mhalaí, agus é ag ligean air gur ag caitheamh a bhricfeasta a bhí.

Ach go deimhin ba bheag an goile a bhí agam. An donas doiléir sin a chuir gach aon ní bunoscionn, b'ionann é agus an mhéar dhiamhair ar an mballa Bablónach ag litriú mo dhaorbhreithe; agus chrom mé ar chuimhneamh níos dúthrachtaí fós ar an toradh ab fhéidir a bheith le mo shaol dúbailte. An pháirt úd liom a d'fhéadainn a theilgean amach uaim, bhí cleachtadh go leor agus cothú á fháil aige le déanaí; rith liom le tamall anuas gurb amhlaidh a bhíodh corp Edward Hyde ag dul i méid, mar is dá mothóinn sruth fola níos iomláine i mo chuislí; agus dá leanfadh an scéal mar sin mórán níos faide, bhraith mé gur bhaol go millfí cóimheá mo nádúir amach is amach, go gcaillfí an cumas a bhíodh ar mo thoil ar athrach cló a chur orm féin, agus go mba liom feasta pearsantacht Edward Hyde gan dul uaidh choíche. Níorbh ionann i gcónaí cumhacht an druga. Theip sé orm glan san oibriú aon uair amháin i dtosach báire; níos minice ó shin b'éigean dom an méid a dhúbailt, agus aon uair amháin mé féin a chur i mbaol báis trí a thrí oiread a ól; ach ní bhíodh ach an chorrtheip sin le mo shástacht a lot go dtí sin. Feasta, áfach, agus de thoradh thionóisc na maidine sin, thosaigh mé ar a thabhairt faoi deara gurb é deacracht a bhíodh ann ar dtús ná corp Jekyll a chur i leataobh, ach le déanaí diaidh ar ndiaidh ba scaradh le corp Hyde an deacracht a fuarthas ina ionad sin. Ba é a fhad ar a ghiorracht go raibh breith ar an taobh bunúsach—an taobh ab fhearr díom—ag imeacht uaim go mall, agus go raibh mé do mo shnaidhmeadh go mall le corp an dara taobh, an taobh ba mheasa díom.

Bhí orm feasta rogha an dá thaobh a dhéanamh. Bhí an chuimhne i gcomhar ag an dá nádúr agam ach níor mar sin do na hacmhainní eile. Bhíodh Jekyll (a bhí cumasctha) páirteach i bpléisiúr agus in eachtraí Hyde, scaitheamh faoi eagla anama, scaitheamh le mian chraosach; ach ba chuma le Hyde Jekyll, nó ní chuimhníodh sé air ach mar a chuimhníonn ropaire sléibhe ar an bpluais ina gceileann sé é féin nuair a bhítear ar a thóir. Bhíodh tuilleadh agus suim athartha ag Jekyll; bhíodh tuilleadh

agus neamhshuim mic ag Hyde. B'ionann páirt Jekyll a ghlacadh agus na mianta úd a thabhairt suas a chleachtainn os íseal le tamall anuas, agus ar chrom mé le déanaí ar iad a ghríosú. B'ionann páirt Hyde a ghlacadh agus slán a fhágáil ag na mílte spéiseanna agus ardmhianta agus bheith d'aon bhuille amháin feasta go brath gan mheas gan chairde. Déarfadh éinne gur mhargadh neamhchothrom é; ach bhí rud eile ar na scálaí arbh fhiú a mheá; mar, cé go bhfulaingíodh Jekyll géarphianta an staonta, ní mhothaíodh Hyde uaidh a mbeadh caillte aige. Dá aistí an cás ina raibh mé, tá téarmaí na díospóireachta seo chomh sean síorghnách leis an gcine daonna; is iad na comhaí agus na rabhaidh chéanna lena dteilgtear an dísle d'aon pheacach cráite critheaglach; agus tharla domsa, mar is minic a tharla d'fhormhór mo chomhchréatúr, gur thogh mé an pháirt ab fhearr, ach go raibh de dhíth orm an cumas cloí léi siúd.

B'fhíor sin, b'fhearr liom an seandochtúir míshásta, agus a chairde ina thimpeall, agus é ag súil le nithe macánta; agus d'fhág mé slán daingean ag an tsaoirse, ag an mbréagóige, ag an gcoséadroime, ag an lánchuisle agus na pléisiúir rúnda ba liom agus mé i mbréagriocht Hyde. I ndéanamh na rogha seo b'fhéidir gur choimeád mé rud éigin ar gcúl, mar níor thug mé suas an teach in Soho, ná níor dhóigh mé éadaí Edward Hyde a bhí fós ullamh i mo chomhair san oifig. Ar feadh dhá mhí, áfach, bhí mé dílis do mo rún; an saol a chaith mé le dhá mhí bhí sé níos déine ná aon ní a chleacht mé riamh go dtí sin, agus bhí coinsias síochánta agam mar chúiteamh. Ach thosaigh an aimsir ar úire m'eagla a mhaolú; thosaigh mé ag dul i dtaithí ar mholadh an chogúis; thosaigh mé ar bheith do mo chiapadh féin le buairt aigne agus le mianta, mar is dá mbeadh Hyde ag dréim leis an tsaoirse; agus faoi dheoidh, i nóiméad laige meanman, d'athchumaisc mé an deoch thrasfhoirmitheach agus shlog mé í.

Nuair a mhachnaíonn meisceoir ar a dhuáilce, is dócha nach gcuimhníonn sé uair as an gcúig chéad ar na guaiseachtaí ina mbíonn go coitianta trína bheith ina phleist gan anam; ní mó thomhais mise an neamh-mhothú iomlán morálta agus an claonadh éigiallta chun oilc ba phríomhcháilíocht d'Edward

Hyde. Mar sin féin, is tríothu siúd a fuair mé mo pheannaid. An diabhal istigh ionam, a bhí i bhfad faoi ghlas, tháinig sé amach ag búireadh. Díreach agus mé ag ól na dí, mhothaigh mé claonadh ní b'ansrianta, ní b'fhíochmhaire chun urchóide. Is dócha nach foláir nó gurbh shin é a chorraigh istigh ionam an stoirm mhí-fhoighne úd lenar éist mé le sibhialtacht an duine mhí-ámharaigh a mharaigh mé; dearbhaím i láthair Dé, ar chuma ar bith, nárbh fhéidir le haon fhear a bheadh ina cheartmheabhair bheith ciontach sa chóir úd lena laghad sin de ghríosú, agus gur bhuail mé an buille gan oiread de réasún agam leis agus a bheadh ag leanbh breoite a bhrisfeadh bréagán. Ach de mo dheoin féin bhain mé díom gach aon phioc den dúchas cothrom úd a bheireann ar an duine is measa againn siúl socair go leor i measc chathuithe an tsaoil; agus, i mo chás-sa, b'ionann cathú dá laghad agus géilleadh.

Láithreach bonn mhúscail spiorad ifrinn a bhí istigh ionam, agus é ar buile. Le teann áthais bhasc mé ann corp nach raibh ann cur i m'aghaidh, agus mé ag blaiseadh an aoibhnis le gach buille; agus ba é lán-neart tuirse faoi dheoidh, nuair a bhí mé ag barr an rachta aingiallta, faoi deara dioth fuar faitís a bhualadh trí mo chroí. D'imigh mar a bheadh ceo díom; bhí a fhios agam mo bheatha a bheith i mbaol; agus theith mé liom ón áit a ndearna mé na míghníomhartha sin, caithréimeach agus creathach in éineacht, mian an oilc sásta, broidte agam, mo ghrá don bheatha teannta go hard. Rith mé go dtí an teach in Soho, agus le bheith níos siúráilte dhóigh mé mo chuid páipéar; as sin ghluais mé tríd na sráideanna faoi sholas na lampaí, agus m'intinn ar an deighilt chéanna díchéille, mé ag athchogaint mo choire agus ag ceapadh coireanna nach í amach anseo go héadrom, agus fós ag brostú orm agus fós ag faire choiscéimeanna an díoltaigh i mo dhiaidh. Bhí amhrán ar bheola Hyde agus é ag meascadh na dí, agus d'ól sé sláinte an mhairbh. Ar éigean a bhí deireadh le daitheacha an athraithe nuair a bhí a dhá lámh in airde ag Henry Jekyll agus é ar a dhá ghlúin ag guí Dé, agus na deora buíochais agus aithrí ag titim go fras leis. Réabadh brat na féinspéise ó mhullach go lár, chonaic mé mo shaol ina iomláine; lean mé é ó laethanta m'óige,

The
Tim
MURDAR
GUAFAR

nuair a shiúlainn agus mo lámh i lámh m'athar, feadh shaothar staonach mo ghairmréime, nó go sroichinn arís agus arís eile uafás damanta an tráthnóna, agus gan dath na fírinne air. D'fhéadfainn scread a chur asam; rinne mé iarracht slua na n-íomhánna uafara agus na bhfuaimeanna a bhí mar shaithe i mo chuimhne a mhúchadh le deora agus le hurnaithe; agus fós idir gach achainí dhéanadh aghaidh ghránna mo choire glinniúint isteach ar m'anam. De réir mar a bhí maolú ag teacht ar an mbiorgha doilís, bhí sórt áthais á leanúint. Bhí ceist m'iompair réitithe. Bhí sé as an gceist filleadh ar Hyde feasta; ar ais nó ar éigean bhí mé dlúite leis an taobh ab fhearr díom; agus nach ormsa a bhí ríméad nuair a chuimhnigh mé air! Nach go toilteanach umhal a ghlac mé chugam an athuair crapaill an tsaoil nádúrtha. Nach tréigean ó chroí a bhí ann nuair a chas mé an eochair sa doras trínar tháinig mé is ar imigh mé chomh minic sin, agus bhrúigh mé an eochair faoi mo sháil!

Lá arna mhárach tháinig an scéala go raibh fianaise súl leis an murdar, go raibh Hyde ciontach os comhair an tsaoil, agus gur dhuine an té a maraíodh a raibh ardmheas ag an bpobal air. Ba mheasa ná coir féin é, baois thragóideach a bhí ann. Sílim go raibh áthas orm sin a thuiscint; sílim gur mhaith liom scanradh na croiche a bheith agam mar thacaíocht agus mar dhídean in aghaidh mo chlaonta. Ba é Jekyll feasta ba chathair tearmainn dom; dá gcuirfeadh Hyde a cheann amach ar feadh nóiméid bheadh lámh gach éinne in airde chun é a ghabháil agus é a mharú.

Chinn mé i m'aigne feasta go ndéanfainn fuascailt ar a ndeachaigh thart trí m'iompar; agus féadaim a rá go macánta go raibh toradh ar an dea-rún sin. Is eol duit féin a dhúthrachtaí is a bhí mé sa ráithe dheiridh den bhliain seo caite agus mé ag fóirithint ar dhaoine breoite; is eol duit go ndearnadh mórán ar son daoine eile, agus gur chúrsaí suaimhnis dom féin gach lá den ré sin, sea agus cúrsaí sonais, geall leis. Ná ní thig liom a rá go raibh mé tuirseach den saol tairbheach neamhurchóideach seo; sílim go mba mhóide mo shólás in aghaidh an lae; ach bhí an donas orm fós le mo dhúbailteacht intinne; agus de réir mar a

mhaolaigh ar phríomhfhaobhar m'aithrí, chrom an taobh ba tháire díom, a sásaíodh chomh minic sin, agus a cuireadh gearró faoi shlabhra, chrom sé ar dhrantú ag éileamh saoirse. Ní hé go raibh aon intinn riamh agam ar Hyde a athbheochan, oiread is smaoineamh air sin chuireadh sé faitíos fíbín orm; i mo phearsa féin is ea a mealladh mé chun camastaíola cogúis uair amháin eile; agus is mar pheacach gnách folaitheach a cloíodh mé faoi dheoidh le hionsaithe teimtéisin.

Níl ní ann nach dtagann a chríoch faoi dheoidh; an soitheach is fairsinge le fáil líontar é i ndeireadh na dála; agus ba é an géilleadh gairid seo don olc a loit cothrom m'anama. Agus fós ní raibh eagla orm; ba rud nádúrtha, dar liom, an titim, mar is dá bhfillfinn ar na seanlaethanta sular aimsigh mé an rún. Lá breá glan i mí Eanáir a bhí ann, lá a bhí an talamh fliuch faoi chois in áit a raibh an sioc leáite; ach bhí an spéir gan cheo; agus bhí Regent's Park lán de cheolaireacht an gheimhridh agus go cumhra le boladh an earraigh. Shuigh mé ar bhinse faoi sholas na gréine; an t-ainmhí istigh ionam ag lí scileadh na droch-chuimhne; an taobh spioradálta ag míogarnach, ag tuar aithrí amach anseo, ach gan corraí fós dá hionsaí. Tar éis an tsaoil, arsa mise liom féin, ba mar a chéile mise agus mo chomharsana; agus ansin rinne mé gáire, do mo chur i gcomparáid le daoine eile, ag cur mo dhea-thola gníomhaí féin i gcomparáid le cruálacht leisciúil a bhfaillísean. Agus díreach is an smaoineamh glóirdhíomhaoineach sin i m'aigne, ghabh glonn, fonn uafásach urlacain agus creathán nimhneach mé. D'imigh siad sin gur fhág siad go fann mé; agus ansin chuir mé an fhainne díom ina seal féin, agus d'airigh mé claochlú ar chúrsaí mo smaointe, breis dásachta, dúshlán le dainséar, agus scaoileadh ó bhroid an dualgais. D'fhéach mé orm féin; bhí mo chuid éadaigh ina liobar le mo ghéaga craptha; an lámh a luigh ar mo ghlúin bhí sí snaidhmeach guaireach. Bhí mé i m'Edward Hyde athuair. Móimint roimhe sin bhí mé faoi ghradam ag cách, bhí mé saibhir, agus cion ag daoine orm—an scaraoid ar leathadh ar an mbord sa bhaile i mo chomhair; agus i láthair na huaire ní raibh ionam ach seilg chomónta an chine

dhaonna, i mo thórán gan díon, i mo mhurdaróir ag cách, i mo dhaor don ghad.

Baineadh tuisle as mo réasún, ach níor theip glan air. Is minic a thug mé faoi deara go mbíodh bior ar mo chéadfaí agus breis bíogtha ar mo mheanma nuair a bhínn i m'athriocht; mar sin a tharla go bhfónfadh an nóiméad do Hyde san áit a dteipfeadh ar Jekyll. Bhí mo chuid drugaí i gcófra i m'oifig; conas a d'fhéadfainn teacht orthu? B'shin í an cheist a chuir mé orm féin a fhreagairt, agus mé ag brú mo chamóg ara idir mo dhá bhos. Bhí doras na saotharlainne arna dhúnadh agam. Dá n-iarrfainn teacht isteach tríd an teach chuirfeadh mo sheirbhísigh féin do mo chrochadh mé. Chonacthas dom go mbeadh orm feidhm a bhaint as seift eile, agus chuimhnigh mé ar Lanyon. Conas ab fhéidir teacht airsean? Conas dul i bhfeidhm air? Abair go n-éireodh liom dul saor ó bheith gafa ar na sráideanna, conas a d'fhéadfainn mo shlí a bhaint amach chuige siúd agus teacht ina láthair? Agus conas a d'fhéadfainnse, i mo chuairteoir anaithnid míthaitneamhach, tabhairt ar an lia clúiteach dul ag útamáil i seomra staidéir a chomhghleacaí, an Dr Jekyll? Chuimhnigh mé ansin ar mo phearsantacht bhunaidh, gur fhan aon pháirt amháin di agam: d'fhéadfainn mo scríbhneoireacht féin a dhéanamh; agus chomh luath agus a tháinig mé ar an splanc adhainte sin, soilsíodh dom ó thosach go deireadh an tslí a bhí orm a ghabháil.

Leis sin shocraigh mé mo chuid éadaigh mar is fearr a d'fhéadfainn é, ghlaoigh mé ar hansam a bhí ag dul thart, agus thiomáin mé go teach ósta in Portland Street, mar bhí sé de rath orm cuimhneamh ar a ainm. Ar fheiceáil dó an íde a bhí orm (agus go deimhin bhí sí áiféiseach go leor, más dubhach féin an chinniúint a bhí faoi chumhdach na culaithe céanna) níorbh fhéidir leis an tiománaí gan a gháire a dhéanamh. Rinne mé díoscán fiacla suas lena bhéal le soinneán feirge diabhlaí; agus mheath a mheangadh gáire—ba mhaith an mhaise dó é— b'fhearr an mhaise dom féin é, mar nóiméad eile agus bheadh sé sractha anuas dá chrannóg agam. Ag dul isteach sa teach ósta dom, d'fhéach mé tharam le gnúis chomh fíochmhar sin gur chrith an lucht freastail romham; ní leomhfaidís breathnú ar a

chéile i mo láthair; ach ghlac siad go humhal mo chuid orduithe, thug siad go seomra príobháideach mé, agus thug siad cóir scríofa chugam. Créatúr nua domsa ab ea Hyde i mbaol a anama; é ag crith le fearg ainmheasartha, é teannta go raibh i riocht duine a mharú, agus saint air chun pianta a chur i bhfeidhm. Ach fós bhí an créatúr glic; chúb sé a chuid feirge le tréaniarracht tola; scríobh sé a dhá litir thábhachtacha, ceann acu chun Lanyon agus ceann eile chun Poole; agus, ionas go mbeadh deimhniú aige ar iad a bheith curtha sa phost, chuir sé uaidh iad le hordú iad a sheoladh mar litreacha cláraithe.

As sin amach thug sé an lá ar fad cois na tine sa seomra príobháideach agus é ag cogaint a chuid ingne; is ann a d'ith sé a dhinnéar, ina shuí go haonaránach is gan de chuideachta aige ach a scéin, agus an fear freastail ag cúbadh go soiléir roimh rinn a shúl; agus as sin, ar theacht don lánoíche, ghluais sé amach i gcúinne de hansam dúnta agus tiomáineadh thall is abhus trí shráideanna na cathrach é. "É" a deirim, ní thig liom "mé" a rá. Ní raibh pioc daonnachta ag baint leis an mac mallachta úd; níor bheo ann ach an eagla agus an fuath. Agus sa deireadh, nuair a cheap sé go raibh an tiománaí ag éirí amhrasach, dhíbir sé uaidh an cab agus chuaigh sé i bhfiontar de shiúl cos agus é faoi éadaí nár oir dó, ina fheic aisteach, i measc na dtaistealaithe oíchí, agus an dá ainmhian sin ar cuthach istigh ann mar a bheadh anfa. Shiúil sé go mear, agus a chuid eagla ar a thóir, agus é ag gliogaireacht dó féin, é ag slíodóireacht leis trí shlite iargúlta, agus é ag comhaireamh na nóiméad a bhí fós aige roimh mheán oíche. Aon uair amháin a labhair bean leis; ag tairscint bosca lasán a bhí sí, is dóigh liom. Bhuail sé isteach san éadan í agus theith sí léi.

Nuair a tháinig mé chugam féin i dteach Lanyon, an t-uafás a bhí ar mo sheanchara, ghoill sé orm féin beagán, b'fhéidir: ní fheadar; ní raibh ann ach braon sa loch i gcomparáid leis an déistin a bhí orm nuair a d'fhéach mé siar ar na huaireanta sin. Bhí athrú tar éis teacht orm. Ní eagla roimh an ngad a chráigh feasta mé ach scanradh roimh mé a bheith i mo Hyde. Ghlac mé chugam tromaíocht Lanyon is mé ag leathbhrionglóideach; agus is ag leathbhrionglóideach a bhí mé ag teacht abhaile, gur thug

mé an leaba orm féin. Chodail mé tar éis anbhainne an lae, le codladh sámh suain nár fhéad an tromluí a bhí do m'fháisceadh a bhriseadh. Dhúisigh mé ar maidin go cráite lag, ach bhí mo scíth curtha díom agam. B'eagal agus b'fhuath liom fós cuimhne na brúide a bhí ina codladh istigh ionam, agus, ní nach ionadh, ní raibh gráinbhaol an lae roimhe sin dearmadta agam; ach bhí mé ar ais sa bhaile, i mo theach féin in aice mo chuid drugaí; agus is beag nárbh inchurtha le dealramh an dóchais an buíochas a bhí orm trí mé a theacht saor, bhí sé chomh láidir sin i m'anam.

Bhí mé ag siúl ar mo bhogstróc trasna na cúirte tar éis mo bhricfeasta, agus mé ag ól fhionnuaire an aeir le pléisiúr, nuair a rug orm athuair an mothú do-inste úd ba thuar claochlaithe dom; agus ní raibh d'uain agam ach foscadh m'oifige a bhaint amach sula raibh arís eile confadh nó reo orm le hainmhianta Hyde. B'éigean dom an turas sin an dá oiread den druga a ól chun mé féin a thabhairt ar ais chugam féin; agus, faraor! sé huaire an chloig ina dhiaidh sin, agus mé ag amharc go dubhach isteach sa tine, d'fhill na daitheacha, agus níor mhór an druga a ól arís. Le scéal gairid a dhéanamh de, ón lá sin amach ba dhóigh le duine gur trí thréaniarracht amháin, mar a bheadh gleacaíocht, agus faoi bhroideadh láithreach an druga amháin, a d'fhéad mé ceannaithe Jekyll a chaitheamh. Is cuma cén uair de lá nó d'oíche thagadh an creathán forógrach orm; thar gach ní, dá dtitfeadh mo chodladh orm, nó dá ndéanfainn míogarnach ar feadh tamaill i mo chathaoir, ba i mo Hyde a dhúisínn i gcónaí. Faoi ualach an daortha sin a bhíodh ag bagairt orm i gcónaí agus de dheasca na díthe codlata a thug mé orm féin feasta, fiú thar ar mheas mé a bheith ar chumas daonnaí, rinneadh díom i mo phearsa féin créatúr a bhí alptha folmhaithe le fiabhras, go faonlag i gcorp agus in intinn, agus gan agam ach an t-aon smaoineamh amháin: uamhan roimh mo riocht eile. Ach nuair a chodlaínn nó nuair a mhaolaítí ar bhua an druga, léiminn beagnach gan idirthréimhse (mar bhí daitheacha an chlaochlaithe ag dul i laige in aghaidh an lae) i seilbh smaointe lán go boimbéal d'íomhánna uamhain, anam ar fiuchadh le fuath gan chúis, agus corp gur dhóigh le duine nach mbeadh sé láidir a dhóthain chun brí ainscianta na

beatha a choimeád isteach. Ba dhóigh leat gurb amhlaidh a d'fhás cumhacht Hyde cos ar chois le lagar Jekyll. Agus go deimhin, an fuath a dheighil anois iad bhí sé cothrom ar gach taobh. Mar le Jekyll, b'instinn a anama ba bhun leis. Bhí feicthe aige anchruth iomlán an chréatúir a bhí i gcuibhreann leis i roinnt d'fheiniméin a chomhfheasa agus ba chomhoidhre an bháis chéanna leis; agus thar na ceangail choiteanna sin, arbh iad an chuid ba nimhní dá angar, mheas sé Hyde, in ainneoin a bhíogúlachta beatha, a bheith mar rud éigin a bhí ní hamháin ifreanda ach neamhorgánach. Ba é seo an rud uafásach; go sílfí go gcuireadh clábar an duibheagáin glaonna agus guthanna as; go ndéanadh an luaithreach éagruthach geáitsí agus peacaí; go bhféadadh an rud a bhí marbh, agus gan cuma air, gnóthaí na beatha a tharraingt chuige. Agus fós é seo, go raibh an t-uafás sin a d'éiríodh ann ceangailte leis níos dlúithe ná bean chéile, níos foisce dó ná súil; go raibh sé ina luí faoi charcair a cholainne, mar a gcloiseadh sé ag monabhar é agus mar a mothaíodh sé é ag dréim le teacht amach; agus i ngach uair laige, agus in iontaoibh an tsuain, bheireadh sé bua air agus dhíláithríodh as an mbeatha é. Bhí a mhalairt d'fhuath ag Hyde do Jekyll. Thiomáineadh a scanradh roimh an ngad ar dólámh é chun marú sealadach a imirt air féin, agus chun filleadh ar a staid íochtaránach trí bheith ina pháirt in ionad a bheith ina phearsa; ach b'fhuath leis an t-éigean, b'fhuath leis an lagsprid a bhí tite ar Jekyll anois, agus ba ghráin leis an dímheas a bhíodh air féin. B'shin é an fáth a bhí leis na cleasa ápa a d'imríodh sé orm, ag stealladh i mo scríbhneoireacht féin blaisféimí ar leathanaigh mo leabhar, ag dó litreacha agus ag scriosadh phortráid m'athar; agus go deimhin, murach a eagla roimh an mbás, is fadó a scriosfadh sé é féin sa dóigh mise a scriosadh in éineacht leis. Ach is iontach a ghrá don bheatha. Rud eile de: cé go dtagann múisc agus fuacht orm is gan ach cuimhneamh air, nuair a chuimhním ar tháire agus ar fhíochmhaire an chónaisc sin, agus nuair is fios dom a eaglaí is a bhíonn sé roimh mo chumhacht é a theascadh den bheatha dá maróinn mé féin, faighim trua i mo chroí dó.

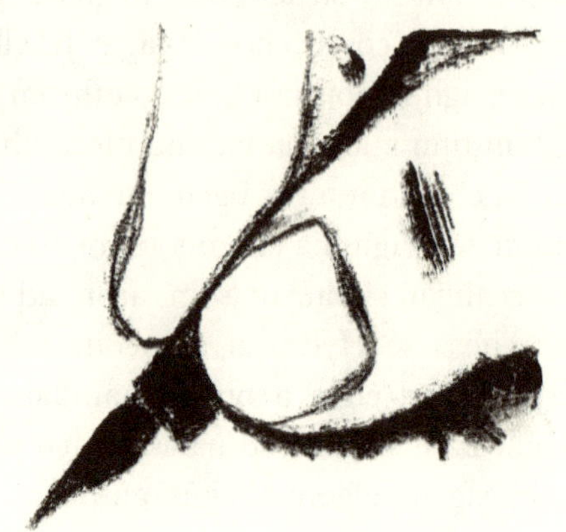

Níl gar ann, agus níl d'uain agam cur síos níos faide air seo; níor fhulaing éinne riamh a leithéid de phianta, is leor sin; agus fós orthu seo, thug an taithí, ní déarfainn faoiseamh—ach cruas éigin anama, toilteanas éigin éadóchais; agus d'fhéadfadh mo phíonós maireachtáil ar feadh blianta, murach an donas deireanach atá tar éis titim anois orm, agus atá d'éis mé a dheighilt ó mo cheannaithe féin agus ó mo nádúr féin. An soláthar salainn a bhí agam, is nár athnuadh riamh ón lá a rinne mé an chéad fhionnachtain, thosaigh sé ag dul i ndísc. Chuir mé fios ar roinnt eile, agus chumaisc mé an deoch; lean an bhroidearnach, agus céadathrú an datha, ach níor tháinig an dara ceann; d'ól mé é, agus bhí sé leamh. Gheobhaidh tú an tuairisc ó Phoole conas a cuardaíodh Londain ó cheann go ceann ar m'ordú; b'fhánach agam é; agus táim cinnte anois go raibh an chéad soláthar a fuair mé neamhghlan, agus gurbh í an neamhghlaine anaithnid a thugadh cumhacht don deoch.

Tá seachtain nó mar sin tar éis dul thart, agus táim anois ag cur críoch ar an bhfaisnéis seo faoi chumhacht an chinn deiridh de na seanphúdair. Is é seo, mar sin, an t-am déanach, d'uireasa míorúilte, a fhéadann Henry Jekyll a smaointe féin a bheith aige ná a cheannaithe féin a fheiceáil sa scáthán (nach air atá an t-athrú dubhach anois!). Ná ní féidir liom rómhoill a chur ar mo scríbhinn a thabhairt chun críche; óir má chuaigh m'fhaisnéis go dtí seo gan scriosadh, is trí mheascán de chríonnacht agus den ádh dearg é. Dá dtagadh daitheacha an athraithe orm is mé á scríobh, sracfaidh Hyde ó chéile é; ach má théann roinnt aimsire thart tar éis mé á cur i dtaisce, is dócha go sábhálfaidh a leith-leachas iontach agus a thumtha a bhíonn sé sa mhóimint arís é óna mhailís ápúil a chur i ngníomh. Agus go deimhin an daor-bhreith atá ag druidim isteach orainn araon, tá seisean athraithe, brúite cheana aici. Leathuair an chloig ón taca seo, nuair a chuirfidh mé umam arís go brách an phearsantacht dhéistineach úd, is eol dom mar a shuífidh mé ag creathadh agus ag gol ar mo chathaoir, nó leanfaidh mé orm agus cluas eaglach le héisteach orm, ag siúl anonn is anall sa seomra seo (an tearmann deiridh atá fágtha agam ar an talamh) agus mé ag cur cluaise le gach torann

161